不起眼女主角培育法 11

丸戸史明
插畫／深崎暮人

Kadokawa Fantastic Novels

彩頁／內文插畫：深崎暮人

Content

\新生/ blessing software

成員名冊

製作人

企劃、副總監、第一女主角

企劃、總監、劇本

音樂

原畫、CG上色

序章

八月下旬，跟上個月（第十集）完全一樣，暑假中的夕陽照進我房間，將足以蓋過空調冷氣的熱氣送入室內……

「為什麼啦，阿倫～！」

「請問這是怎麼回事，倫也學長～！」

……話雖如此，責備味道強烈得足以趕跑餘夏旺盛暑氣的兩道聲音，在房間裡響起。

「等、等一下，現在是什麼狀況？為什麼我會挨罵？唯獨這次我完全、絲毫、一點也摸不著頭緒！」

「為什麼在我不知道的時候，就把表親型女角美智留（暫定）的劇本就寫好了！」

「為什麼趁我一下下沒注意的時候，就把學妹型女角出海（暫定）的劇本完成了！」

「我如期完稿還要被臭罵嗎！」

如同剛才就提過的，今天是八月下旬。

若要敘述得更加具體，就是暑假的最後一天。

對一般高中生來說，那應該是被絲毫沒碰的暑假作業嚇得臉色慘白，為了設法靠連夜趕工解決問題而費盡千辛萬苦的日子（包含個人偏見）。

然而，在正常來講應該要忙著寫作業的這個日子裡，我剛剛才抬頭挺胸地報告過目前進度極為順利的事才對。

啊，我指的當然不是學校作業，更不是為明年馬上就要來臨的升學或就業做準備。

「劇本完成前的風波跑去哪裡了嘛～！之前小澤村跟學姊都有鬧出問題，再由阿倫你用又臭又長（花一整集篇幅）的劇本灌她們迷湯來解決不是嗎？為什麼這次偏偏把那段重要的過程省略了！」

「咦～工作的成果在於成效，而不是過程吧？」

在這樣的雙聲道責罵聲當中，偏左上方的數落聲是來自短髮微捲的熱褲盤腿美少女。

坐著也能看出來的高挑身高，優美纖細的四肢。

她不惜將體形較高大卻不至於粗線條的身子晃來晃去，也要滿不講理地叫我賠罪與補償。

那種任性讓我不得不服，同年同日生的我們從一出生就認識彼此，還有「表親」這層過於親近的關係。

椿姬女子高中三年四班，冰堂美智留。

「目前我……目前我對社團應該是最有貢獻的，卻受到這種待遇……現任成員的存在感比離開的成員還薄弱會出問題喔！偏心只疼過去的女人，內容又全是回憶橋段的美少女遊戲，怎麼想都是一路朝著大爛作的方向在推進嘛！」

「沒有那種事啦，內容還是很有趣！不對，我才沒有偏心啦！」

然後在雙聲道的責罵聲中，另一道偏右下方的數落聲是來自頭髮綁成兩束的迷你裙跪坐美少女。

坐著也能看出來的嬌小，以及彷彿在與個頭對抗的某部位分量。

她不惜讓整副玲瓏身軀中，大放光彩地主張其雄偉的那個部位晃來晃去，也要對我抱怨自己所受的待遇有多麼差。

克制不住那份怪罪之意的她是學妹，更是從五年前就認識的老交情，一向都對我服服貼貼，彼此有著可說過於親暱的情誼。

豐之崎學園一年C班，波島出海。

「要說的話，樂團也常有初期團員成為傳奇人物的狀況啦~可是靠中途入團的第二代主唱才走紅的樂團也多得很啊，不是嗎？」

「就是啊！比起勉強靠處女作歪打正著就得意地跳槽，卻落得不鳴不放而一夕退燒的初代原畫家，被貶為倒貼貨卻還是老老實實地不停製作續篇，並且堅守社團品牌的第二代原畫家才應該受到稱讚！」

「美智留的比喻聽不太懂就算了，出海妳的比喻會讓我想到具體人名，所以別說了好嗎！」

還有，成為她們倆抨擊目標的「進度」，指的當然不是學校作業。

而是指我們社團「blessing software」要在冬COMI推出的最新作《不起眼女主角培育法（暫定）》。

在半個月前的夏COMI，我們曾免費發放那款新作的體驗版。

那份小作品只能玩到共通劇情線中途，跑一輪連一小時都不必。即使如此，排隊隊伍仍然長到讓「這裡不是最末尾」的告示牌亮相，留下了堪稱大盛況的結果。

唉，由於東西是免費發放，再考慮到如今已經不在的前作班底（英梨梨和詩羽學姊）創下的實績，還不能坦然信任現階段的人氣就是了。

就算那樣，玩過體驗版的玩家在網路上給的反應，依然足以提升我們的動力，正面意見比比皆是。

由於原畫並非前作的柏木英理，還是有一些負評。即使如此，多虧新原畫家（出海）的畫技之高，外加原本在「rouge en rouge（牆際社團）」的實績，大致上仍受到玩家善意地接納。

……雖然也有玩家曉得柏木英理受到大力提拔，還成了某款家用遊戲巨作（寰域編年紀）的原畫家，便想探聽當中是不是有什麼奇奇怪怪的內部鬥爭，使得我有些胃痛。

此外，相較於大致受到好評的原畫，在劇情方面，有不少人對內容與前作有差異而感到困惑或者持否定意見。

但現在我只能欣然接受那部分的評語，然後加以精進。

畢竟這次的新作並非像前作《cherry blessing》那樣的傳奇愛情故事，而我也不是霞詩子。

兩者的技術和經驗皆不同。

何況我半年前才深深體會到，我們連在作風上追求的目標都有決定性的差異。

因此，劇本的真正價值只好等到冬COMI……等到我用盡全力的階段再來聽從審判。

「而、而且，再不把劇本完成，就會影響到圖像和音樂的製作了吧？我是為了妳們兩個著想，才會避免讓劇本給後續工程添麻煩……」

……不過，假如我是因為那些源自遊戲劇情內容的本質性爭議才被她們倆譴責的話，那我也不必擺出這種像在找藉口的態度啦。

「可是～去年的遊戲不是在十一月才把劇本完成嗎？明明還有兩個月以上的寬裕，有必要這麼急嗎？」

「有啦，只要妳也當一次總監就會明白！」

看來去年因為包含劇本在十一月完稿等諸多因素，導致我們來不及送廠壓片，只好自行燒錄光碟發行作品的事實，在美智留悠哉的腦袋裡似乎都剛好忘到九霄雲外去了。

「就算那樣，我還是希望學長能更著重和女主角的對話！」

「有啦，在劇本中會有扎扎實實的對話！」

追根究柢，這次遊戲的概念「著重和女主角的對話」，指的是玩家跟劇中二次元女角的對話，而不是跟充當女主角模特兒（或許有參考也或許沒有）的三次元女生對話。這一點出海似乎剛好都沒有用她投機主義的腦袋保存在記憶角落。

呃，但話雖如此，要抱怨美智留或出海的言行不講理，還是讓我有種莫名尷尬的感覺。

畢竟她們之所以會那樣覺得……

「……唉，錯就錯在你從一開始就用那種方式著手製作啊～」

「…………大人您說得對極了。」

正如用5.1繞聲道從我背後出聲指正的那一位所說。

「其實呢，碰到『用遊戲劇情來答覆女生的煩惱』這種事情，實在是瞎到不行，簡直羞恥得不得了，而且感覺根本莫名其妙。但就算那樣，還是會覺得你把對方當成特別的人在對待嘛。所以輪到自己時要是沒有得到同樣的待遇，會懷疑『咦？我到底算什麼？』也是難免的。」

「我不是已經承認了嗎！惠，妳別繼續做那種羞恥的解說啦！」

像這樣用感覺不出情緒的淡定口吻解說，卻讓我心如刀割的人是留著鮑伯短髮，穿褲裙蹲坐的美少女。

即使坐著也看得出她那渾然天成的心機……呃～沒事，我什麼都沒說。

總之，她那寒鋒般的言行讓人既無法反駁也無法抵抗，年紀與我同年，個性和氣，但我最近其實正在懷疑：那種和氣會不會是障眼法？還誤打誤撞地跟她結下了有如孽緣的情誼。

豐之崎學園三年A班，加藤惠。

「我明白了，我明白了啦！在截稿前擅自寫好劇本是我不好，對不起！」

於是，當我被副總監兼社團副代表兼幕後黑手……呃，我是說被幕後功臣那樣瞪了以後，身為耍寶代表的我就只能全面投降了。

「……阿倫，你那種要誠意沒誠意、要愧疚沒愧疚、要正經沒正經的道歉方式是怎樣？」

「……倫也學長，依這種語氣聽來，感覺你好像連自己錯在哪裡都沒有好好理解，還認為反正先隨口道個歉賠罪就好了。」

「…………呃，我沒有面對妳們各自的煩惱或問題，就在擅自解讀下將表親型女角還有學妹型女角的劇本寫完了，萬分抱歉！」

更何況，我被當事人兼製作遊戲不可或缺的伙伴，亦即原畫負責人及配樂負責人用絲毫無法接受的嚴厲語氣追究以後，像我這種名不見經傳的劇本寫手根本就沒空覺得不講理。

「噯，妳們兩位差不多可以原諒他了吧？他本人似乎也做了相當程度又講不清是多少的反

省。」

「懇請兩位開恩！」

……我倒不是沒有想過這次的事情怎麼想都跟惠無關，應該沒道理讓她像這樣幫忙主持公道才對。但是說溜嘴會關係到社團活動的存亡，因此我絕對不會說出口。

沒錯，我現在只管迎面承受狂風，撐過這場暴風雨就對了。就像T○R那樣。（註：T.M.Revolution）

「唔～沒辦法嘍，理解歸理解～……可是我一點都沒有釋懷喔！」

「就是啊，既然學長也好好地道歉了……雖然光憑嘴巴要怎麼說都行啦！」

「感謝感謝！對於這無可挽救的醜事，請讓我做出精采的遊戲來將功贖罪！」

於是，大概是我隨口……呃，大概是我由衷的謝罪總算打動了她們……

從美智留與出海的臉上可以看出她們自視甚高地露出了原諒的表情，就像在說「真拿你沒辦法」一樣，現場的氣氛終於逐漸緩和。

「那麼，為了讓你做出『精采的遊戲』，我們也來努力吧～」

「說得對呢，再說學長好不容易完成的劇本檔案也在這裡。」

「咦……？」

……結果我的這種想法，只持續了短短的，稍縱即逝的幾秒鐘。

※　※　※

後來，她們倆召開了「讓我的劇本變精采」的會議，過程非常非常非常慘烈。

「來嘛來嘛，請妳看看『出海04.txt』這個檔案！情意像這樣在分開的期間越變越濃，不就是青梅竹馬型女角的醍醐味嗎～！」

「咦～是那樣嗎？我看還是從以前就沒有分離過，而且始終相親相愛地在一起，關係才比較深厚吧？」

「就是因為情節進展那麼隨便，美智留學姊（暫定）的劇本才膚淺啊～」

「……哦～」

「關於那一點，要提到出海（暫定）劇本的深度……她在三年來一直愛慕著主角的這段期間，正是賦予故事深度的關鍵喔！」

「咦～既然要逼妳等，至少得分開五年嘛～」

「呃，妳講的年數到底有什麼根據？」

那跟業界常進行的「對戲」不一樣，並沒有理出劇本的問題或課題，探討怎麼修正，進而讓劇本變好。

那只是在拚命列舉自己（當模特兒的女主角）的劇本有什麼優點，再爭辯對方（當模特兒的女主角）的劇本有什麼缺點，活像地獄一樣……不，活像在爭風吃醋般的舌戰。

「哎～要說到『美智留16.txt』這段情節有多露骨……那可是某個小女生角色發揮不出的韻味呢～」

「……唔。」

「正因為從小就一直看著彼此成長，男主角突然感受到的『女人味』才真實啊～」

「請、請不要讓我想像那種情節！」

「看嘛看嘛，像這段男女主角在電暖桌裡一邊調情，一邊用腳互蹭的場景……『嗳，阿倫……我們來做吧？』。」

「唔哇啊啊啊～！請妳不要逐字唸出台詞～！」

「唔哇啊啊啊～！我根本就沒有寫那種台詞～！」

甚至還有人特地逐字重現劇本中的情境，把賣萌的台詞唸出聲音，讓劇本寫手不長眼的妄想

具體呈現在世上，對一小部分（我）的人來說簡直像承受拷問般的時光……

「那、那麼，請妳看『出海238.txt』這個檔案！在販售會活動中，女主角沉浸在第一次售完的餘韻……心情就像在作夢一樣的我……不對，像在作夢一樣的女主角順著倫也學長……不對，順著男主角的邀約，到了他房間的床上……『學、學長……因為，人家是第一次……』」

「唔哇啊啊啊啊～！我根本沒有設計那樣的劇情事件～！」

……嗯，這次製作遊戲的方式果真錯了。

我根本就不應該以身邊的女生為模特兒創造女主角。

「嗳，倫也，你剛才把這款作品的主題全盤否定掉了耶，那樣沒問題嗎？」

「妳到底聽見什麼了啦，惠！」

第一章　先聲明一點，本集出現的業界哏皆屬虛構……

仍有暑氣殘留的教室裡，散布著相隔一個半月的喧鬧聲。

第二學期的第一個上學日，在體育館舉行完開學典禮以後，眾人回到三年F班，各自慶幸許久不見又能重逢，聊得興高采烈。

……話雖如此，那幕光景要敘述成「剛放完暑假的老樣子」，看起來就顯得有欠活潑、活力、活寶感以及第二學期的新氣象了。

豎耳聆聽，會發現他們交談的內容都是暑修如何、志願學校如何、模擬考評等E如何……

呃，再怎麼說那樣就糟了吧？實在無法令人心情雀躍。

或許是心理作用的關係，不對，教室裡明顯充滿了緊繃的氣息。

唉，這也難怪了。此時此刻，我們所迎接的是高中三年級的第二學期。

順帶一提，這間豐之崎學園被歸類為俗稱的私立升學學校。

既然如此，大部分的同學們在這之後，想必都將碰到「入學考」這個在以往人生中幾乎算得上最大級的考驗，會焦頭爛額也是難免的……

「……所有素材的繳交期限是在九月底啊。」

「真早～真不愧是家用遊戲。」

「據說這樣要趕上年底發售還是很吃緊……所以這個月其實不是讓我上學的時候。」

「……大學中輟在業界或許還有增光的效果，但我認為高中中輟就不好說嘍。」

……在這種閉塞空間中，從我的身旁傳來明明跟其他同學一樣焦頭爛額，操心的方向卻顯然與其他同學不同，還跟「升學」這種強大字眼沾不上邊的嘆息聲。

說真的，這傢伙對升學有什麼打算啊……雖然我也是啦。

「研發時間實在太短了啦……雖然以標題來說屬於大作，公司本身應該有花上兩三年製作的預算及體力啦。」

「唉，誰教妳們的帶隊者（紅坂朱音小姐）感覺就是活得那麼倉促……工作週期根本和家用遊戲的漫長製作期合不來吧？」

「既然這樣，她別碰《寰域編年紀》這種作品就好了嘛……那個女人腦子裡的想法簡直莫名其妙。」

有個女生一臉憔悴地趴在隔壁座位，發牢騷似的像這樣談著經濟規模從某方面來說比個人升學更加龐大，讓人想問「為什麼一介高中生會聊那些啊？」的話題。

在那種不搭調的話題中感嘆自身處境的，固然是一介高中生。然而從各方面來看，她則是外表、內在及立場都超乎常軌（身材除外）的金髮雙馬尾美少女。

某些部位長得小不隆咚的身材，再加上言行及態度有時急躁有時古怪，要跟本性畢露的她相處頗有難度，不過對我個人來說，那些都是十年前就經歷過的問題，不管受到什麼樣的對待都能用「唉，反正是她嘛」一句話帶過，最有青梅竹馬風範的青梅竹馬。

豐之崎學園三年Ｆ班，澤村・史賓瑟・英梨梨。

此外，她目前最新的頭銜是人氣遊戲製作公司「馬爾茲」的新作奇幻ＲＰＧ——《寰域編年紀ⅩⅢ》的角色設計兼原畫負責人，柏木英理。

「還有，她最近指示的內容變得特別細……而且只要有一絲絲沒有遵照要求的部分，她就會毫不留情地打回票。」

「接近母片送廠壓製的階段，難免會那樣吧。」

「就算這樣，要求角色的服裝或表情還可以理解……她連打扮要怎麼邋遢、拚命忍著內心情緒卻還是流露出來一點點的表情都要講究，做得那麼細，真的能讓人感受到嗎？」

「好、好啦，講究作工精細也很重要嘛。玩家對於那些部分還滿敏感的喔。」

「就算那樣好了，坦白講我就是不希望她用那種標準來要求只剩一個月要畫出三十張劇情CG的原畫家啊。」

「妳又把工作壓成那樣……」

「我都有順利完稿啦，on schedule（如期交稿）喔！上個月我就實實在在地畫了三十張！」

「……是、是喔，辛苦妳了。」

《寰域編年紀》製作成員彼此叫罵的景象……呃，我是指她們討論的現場，儘管並沒有人拜託，但我在上個（第十集）月也被迫目睹過了。

因此，我能痛切地體會那有多煩人……呃，我是指那種不容妥協的嚴厲，與要求的標準之高。

「話說回來，妳們那裡的總監真的很講究耶。」

「她本來就那樣……麻煩的是劇本寫手也跟著一鼻孔出氣了。」

「……詩羽學姊嗎？」

「那個女的剛把劇本大修完畢，沒想到問題居然變得更嚴重！連業主都一個頭兩個大，有段時期還提到要撤換寫手，不過那些意見都被紅坂朱音封殺了。」

「是、是喔……」

「發生那種事之後，她就變得為所欲為。還像去年那樣整我、欺負我、刁難我，真受不了，到底是誰讓她復活的啊！」

「啊、啊哈、啊哈哈……」

其實那些事蹟我已經從其他地方（紅坂小姐）耳聞過，事到如今實在沒有為此驚訝或傻眼的必要才對。

不過，單以詩羽學姊的現狀來講，正因為我看過那次討論的現場，才會覺得更難想像。

在英梨梨發的牢騷中，表現得生龍活虎的劇本寫手。

我們可以從腦海中輕易描繪出那位外表、內在及立場都超乎常軌（包含身材）的黑長髮美女。

言行與體態都和身材一樣充滿分量及攻擊性，平時總是把這種特質表露在外，導致她幾乎沒有朋友，但我個人甘於依賴她偶爾從那種態度中顯現出的溫柔與可靠，並且敬其為學姊兼師父。

早應大學一年級，霞之丘詩羽。

此外，她目前最新的頭銜是《寰域編年紀XIII》的劇本負責人，霞詩子。

她……詩羽學姊在那次討論時，確實曾一度受挫。

自己寫的劇本被自己的老闆紅坂朱音評為半吊子，以往的成績、努力還有本身的存在都遭到

了否定。

然而，她終究不是那種會被紅坂朱音輕易割捨的創作者。

她咬牙吞下懊悔與屈辱，卻也好好地斟酌打回票的意見，憑著融合才華及努力的能力，華麗地扳回一城。

沒錯，霞詩子復活了。

只不過，我為此失去的東西絕不算小……

「聽說你也寫了霞之丘詩羽的劇本？」

「……嗯，雖然被她本人全盤否定了。」

是的，我付出了名為「師徒決裂」的莫大代價。

「呼嗯～哦，是喔……」

「……怎樣啦？」

可是，英梨梨卻用輕蔑似的視線窺探我心裡的那道傷口，還打算把傷口挖開。

「嗯，假如不是以當事人的身分，而是以旁觀者的立場去看戀愛喜劇中的遲鈍男主角，果真會想殺人呢。所以設計出讓人無法投注感情的角色才會被罵得那麼慘嗎？真是受教嘍～」

「妳在這個準備應考的季節裡到底學了什麼？」

不，別說用視線，她甚至連言語都用上了。

※　※　※

「呼嗯～哦，是喔……」

「惠，為什麼連妳的反應都跟英梨梨一模一樣？」

開學典禮後的班會已經結束，比平時較早獲得釋放的上午時分。

離開鞋櫃，走向校門的回家路上，我跟惠提到了剛才從英梨梨那裡得知，關於詩羽學姊的近況。

……結果，就得到這種平淡反應。

「啊～你想嘛，其實我昨天在電話裡已經聽英梨梨講過一些了，所以不太有新鮮的驚奇感。」

順帶一提，剛才跟我在教室裡聊天，現在也被我們掛在嘴邊的英梨梨之所以不在現場，是因為她主動知會過「要早點回去趕工」的關係喔。

絕不是因為有奇奇怪怪的顧慮或是客套或者微妙氣氛的關係喔。

「何況我並不像你那麼擔心霞之丘學姊，應該說我信任她。所以我不會因為擔心她就在別人面前哭哭啼啼。」

「都一個多月以前的事情了，沒人會記得那些啦！」

那姑且不論，我真的希望惠能改掉那種平淡中混著哈瓦那辣椒的反應。

「不過倫也，只要有你像那樣擔心她，霞之丘學姊就不會有事啦。」

「可是，之前那篇劇本的內容讓詩羽學姊非常生氣，感覺她不會輕易原諒我……」

「要是你那麼覺得，就暫時試著和她保持距離啊。反正我想馬上就會有人忍不住了，雖然我不會說是誰。」

「不好意思，麻煩妳別用那種勉強能聽見的音量講話好嗎？」

當我們像平常一樣，不停在往返的對話中發球失誤，並走到校門的時候……

「嗨，倫也同學、加藤同學，我等你們很……」

「總之，比起霞之丘學姊的事情，你現在更應該把注意力放在我們社團上。我差不多想開始著手編寫程式碼了，目前完成的素材也要全部檢視過才行。」

「……呃，現在該把注意力放在剛才被妳徹底忽視的伊織才對吧。」

有個褐髮痞子男穿著與豐之崎不同款式的制服，不知道該把舉起的右手放哪裡，還傻笑地看著我們僵住了。

※　※　※

「說真的，惠，妳為什麼這麼針對伊織……」

「啊～我一定是因為怕生啦。」

「不對吧，在我以前的記憶中，從來沒有那個形容詞（怕生）能適用於加藤惠的印象耶……」

「……麻煩你別假裝替我撐腰，到頭來也一樣忽略我好嗎，倫也同學？」

就這樣，場景轉換到聖地……呃，我是指放學路上那間熟悉的木屋風格咖啡廳。

分屬兩間高中的三個人坐到四人座客席，東拉西扯地像往常一樣聊起不溫馨的話題。

「有什麼關係。反正你在其他地方都高人一等。有個地方（社團）把你歸類在金字塔階級的下方也不成問題吧？」

「我認為這陣子外界對我的好感高了許多，你們一直這樣對待身為好青年的我，要是引來仇恨我可不管喔。」

像這樣一面抱怨我跟惠對待他的方式，實際上則一副絲毫不以為意的德性，還像往常一樣為了惹惱人而故作親暱地講話的傢伙，是個無論於外表、內在及立場，在各方面都顯得輕浮的捲捲褐髮臭型男。

全身散發著可疑氣息，再加上言行及態度也都可疑兮兮，從認識以後過再久都完全沒辦法信任，但是我個人其實頗為仰賴這位最像損友的損友。

櫻邃高中三年二班，波島伊織。

此外，他也是我們社團「blessing software」的製作人&總監&協調者。

這樣評論他，聽起來感覺就像個大人物，但這傢伙終歸就是靠同人發投機財的敗類，因此請各位放心。

「所以說伊織，你特地在開學典禮跑來我們學校要幹嘛？假如有要緊的事情，昨天一起來跟大家開會討論不就好了？」

「唉，其實呢，我這邊根本沒事先接到昨天要開會的聯絡。直到今天早上，你那個女朋友才若無其事地把開會紀錄跟資料寄來……」

「…………………惠小姐？」

「咦～我確實有召集大家來開會啊～奇怪了～」

……即使如此，憑他的立場，原本在社團裡也不應該受到這種對待就是了。

※　※　※

「最後一份劇本的期程嗎？」

「沒錯，倫也同學。到昨天為止，你已經順利完成四個角色的劇本了。接下來終於只剩一條劇情線。」

「第一女主角，叶巡璃……」

「對，這是最後關卡。」

當我們將霜淇淋、丹麥麵包、小倉紅豆餡、楓糖漿，當然還有豆果子都收拾得差不多，心情也舒緩下來以後，伊織隨口提到最後一份劇本的期程問題。

……簡而言之，他在催我交劇本。

「……你那些話有必要在今天說嗎？」

「惠？」

結果，率先對伊織唱反調的不是我這個當事人，而是第一女主角叶巡璃……不，加藤惠（其模特兒）。

「上一條劇情線是在昨天早上完稿的喔。倫也想設法在暑假裡寫完，趕到最後幾乎是不眠不休才完成的，你現在就要談下一道工程，這樣他根本沒空放鬆不是嗎？」

「就算那樣好了，在他完成上一份劇本之前，我都絕口沒提這件事吧？連在第十集稿子嚴重遲交而對印刷廠與插畫家造成龐大負擔時，仍然能在作家交稿前拚命忍著不提第十一集截稿日的編輯，應該要得到更多肯定才對啊。」

相對地，伊織巧妙隱瞞了第十一集的截稿日排得比以往更早，對作家施壓也提高好幾倍的負面事實，還把自身的行為正當化。

……呃，這一段敘述有點意味不明。請各位忘了吧。

「不過你想嘛，聽說創作者在剛完稿時是可以放舒心假的耶。」

即使如此，面對伊織鐵錚錚的硬道理，惠還是一副無法諒解地繼續跟他爭。

坦白講，既然她這麼擁護我的努力，我倒希望她昨天（序章）可以對出海或美智留這樣做就是了。

「……加藤同學，那種舒心假只有在所有製作工程結束、母片送廠壓製、遊戲上市發售、老闆也判斷銷路好到可以收支相抵時才會放喔。」

「……呃，再怎麼說都應該免除最後那項條件吧？」

「可是，賣不好就得盡快出下一款作品挽救才行吧。別說放舒心假了，難道妳覺得那種卯吃寅糧的公司會有寒暑假跟週六日嗎？」

「你們談一般論談夠了吧？該把話題帶回個案了啦！」

從四月（第八集）算起，這是惠與伊織第二次爆發正宮戰……爆發聖杯戰爭，儘管感到戰慄，我還是拚命以監督者的身分介入他們兩人之中（配音：中田○治）。

「我呢，並沒有要倫也同學現在立刻寫。不過為了讓其他成員的工作有計畫地進行，我只是希望他訂出確切的期程而已。」

為了緩和彼此激動的情緒，用刨冰讓腦子冷靜下來以後（此外只有我點了這個），伊織開口相勸的對象明顯不是我，而是惠。

……如此看來，我認為明顯是伊織比較有理。但是我既沒有那種勇氣，也沒有不長眼到當場講出這種意見，就靜靜地在旁聆聽。

「可是，現在才剛進入九月，倫也到目前的進度也都順順利利，我認為滿寬裕的啊。」

就算那樣，惠冷靜歸冷靜，卻還是帶著不太能接受的態度跟伊織唱反調。

對一向愛護「blessing software」的惠來說，還是難免會堅持自己是社團第一人的立場吧。

……是的，事到如今，我可不會覺得自己是社團第一人喔。

「根本就沒有寬裕。」

「為什麼？依去年的情況來想，只要在十月底完稿不就……」

「照我估計……叶巡璃劇本最晚會拖到十一月底。」

「……咦？」

「……啥？」

面對惠提出的異議，伊織所做的答覆不只令她意外，也出乎我的意料。

「你說十一月底……」

「等一下啦，伊織，還有三個月才會變成你說的那樣耶。」

「哦，倫也同學，你有自信在『短短』三個月將叶巡璃寫好啊……寫出足以凌駕所有劇情線而且保證夠神的劇本……」

「……咦？」

「……啥？」

於是，面對我提出的異議，伊織這次所做的答覆……

他切入了《不起眼女主角培育法（暫定）》這部作品的深淵。

「第一女主角非得是『無人能敵的第一名』才可以。」

那是這款作品所追求的本質，同時也是最高命題。

「要將那份大綱在三個月內寫成劇本，想來也會是項大工程。不過以這次的情況而言，你還必須寫出超越那份大綱的作品才行。」

「你的意思是……」

「畢竟連其他劇本都跳脫大綱的格局，琢磨得更加出色了。」

沒想到伊織對我之前的劇本，似乎給了非常高的評價。

「因此，第一女主角劇情線原本在大綱具備的優勢，你現在最好當成已經沒有了。」

而且正因為如此，第一女主角——叶巡璃劇情線的劇本，在寫作上的門檻就跟著提高了。

「寫出最棒的作品吧，倫也同學……」

「伊織，你……」

「倫也？」

如今，我明白了。

這個傢伙會來，伊織之所以會來，不單是為了催我寫下一份劇本。

想早點安排期程只是他的藉口。

「你要寫出將最棒的大綱及之前的劇本，都遠遠拋在後頭的作品。」

「哈哈……」

「噯，倫也？」

這傢伙是來對我施壓的。他是來挑釁的。

而且是極其所能。

「你，辦得到嗎？」

「行啊，我辦得到……不過，我才不會上你的當。」

「…………」

腦子裡熱得刺痛。

我回到了昨天傍晚，剛寫好第四名角色劇本的那個瞬間。

「叶巡璃的劇本……就按照原先的規劃，九月底交稿！」

緊接著……

我主動接受伊織的挑釁。

為了把這傢伙用激將法挑起的情緒，化為我自己的動力。

「沒問題嗎？你還主動開出那種無理的條件？」

「畢竟……時間花得久，也未必就能寫出好劇本吧？」

「……也對。」

沒錯，在截稿前夕被逼著趕出來的劇本，有時就會成為神級劇本。

比方說，也是有主筆曾誇下海口要獨自寫完所有劇情內容，到了截稿日卻連共通劇情線都沒寫好，明明個別劇情是倉促找人代筆，集六人之力在短短兩天內完稿，結果卻一炮而紅的遊戲。

……原本是哪部作品，還有那款遊戲會大賣是否真的要歸功於劇情就別過問了。

唉，先不提那些……

「那麼，假如劇本沒有在九月內完成，能不能麻煩你叫你的女朋友別再衝著我來了？」

「相對地，假如我趕上了，十月以後的大小雜務就都由你包辦嘍。」

「呵呵……」

「哈哈……」

伊織跟我一面用挑釁的視線及挑釁的話語相互過招，一面獰笑著揚起嘴角。

於是當我克制不住想立刻動手寫主線劇情的慾望，為了趕著離開店裡而張口豪飲剩下的咖啡時……

「咕哇啊啊啊啊啊啊啊～～！」

「…………」

喝下那杯口感不順的冷咖啡後，隨即侵襲而來的刺舌甜勁就讓我全身抽筋了。

事後調查發現，桌上的糖球與楓糖漿都在不知不覺中被人用完，條狀糖包也用掉了六條。

……至於犯人是誰，我就當不曉得了。

第二章　在文章中寫到「**驚人畫作**」，要改編成影像時就會出**問題**

星期六，早上八點半。

「有茶，有咖啡，有巧克力，一切都有了！」

我在桌上備妥用來補給水分、提神醒腦、消除疲勞的道具，然後一一用手指出確認。

「好，來拚吧！」

像這樣充分準備好要忙的工作，當然就是我在這週開頭宣言過要執筆撰寫的最後一篇劇本，亦即第一女主角叶巡璃的劇情線。

沒錯，這次我準備得很充分……

我在跟平日一樣的時間起床，也好好地吃了早餐，調整過生活作息。

一切按表操課，規規矩矩，然而對品質也要盡可能講究。

累的時候就休息，睏的時候就睡覺，餓的時候就吃飯。

維持良好步調，保有寬裕來完成精采的劇情。

那就是我面對《不起眼女主角培育法（暫定）》最後一份劇本，為求「登上自我巔峰」所採取的途徑。

只有來勁的時候，我才會像往常那樣不分日夜地猛寫。

這次我絕不會露出被稿期逼迫，到截稿前夕什麼進度都沒有，還每隔一小時就有催促聲像箭一樣射來的醜態。

……正當我一面高唱這些似乎會被其他創作者訕笑的理想論，一面打起精神敲鍵盤的時候。

「倫～也～學～長～！我們來玩吧～……啊，不對！學～長～早～安～！」

「……啥？」

玄關的門鈴響起，緊接著亂嗨的聲……呃，高亢的聲音就從玄關門口傳到二樓來了。

「啊～在耶在耶～倫～也～學～長，早～安～……」

「呃，我已經聽見了啦，出海。」

受到響亮得左鄰右舍都能聽見的丟人聲……活潑聲音引導，我衝下樓梯打開玄關的門，出海便帶著腫腫的眼睛站在我眼前。

「邋後六似呢（然後就是呢），偶有東伊想井誰長漢（我有東西想請學長看）～」

「呃，我已經聽不懂妳在說什麼了，出海。」

出海就用搖搖晃晃的身體，擺出傻裡傻氣的笑容，不斷地冒出少根筋的言行舉止……

該怎麼說呢？她顯然就是剛熬夜完。

「樂是偶羅天畫樂（這是我昨天晚上畫的）……偶賴想（我在想），倫也學長拉不囉也洗床了吧（倫也學長差不多也起床了吧）～」

該怎麼說呢？我的理想論似乎沒兩下就被逼到落人訕笑的地步了。

老天不願把白天交給創作者運用嗎……

「所以嘍，ＧＡＹ也學長～……」

「我有講過吧，就算妳意識迷迷糊糊的也不要把我的名字發音成那樣啦！」

最後出海用那種不中聽的方式叫我，然後就不省人事了。

※　※　※

「……啊！」

「噢……出海，早啊。」

於是，過了一段時間以後……

剛到我家就像發條轉完的人偶一樣停下動作的出海，這會兒又像彈簧人偶一樣突然蹦起來了。

……有點恐怖。

「請、請、請問請問，我大概睡了多久！」

「呃～……差不多四個小時？」

「噫噫噫噫噫！學、學長對不起～！」

出海在床上變得滿臉通紅，然後害羞地用雙手的三根手指拄在身前，深深地低頭行禮。

……唉，這是她在慌張時常有的動作，所以也無可奈何，不過我總認為那種態度及行為會讓人聯想到其他意思，有點那個就是了。

話雖如此，在這個房間就算做出再怎麼沒有戒心的舉動，也不會陷入那種曖昧的情況啦。

畢竟這個房間的主人，是名滿天下的安心安全安藝倫也（取名：某黑髮毒舌作家〔詩羽學姊〕）……

「所以妳來找我做什麼，出海？」

後來，我花了十分鐘安慰聲音小到快要聽不見又一臉羞愧的出海，等她總算鎮定下來以後，我才盡量冷靜地詢問她來訪的目的。

「我、我我我……」

「……哎呀，妳鎮定點，各方面都是。」

抱歉，她一點也沒有恢復冷靜。

話說回來，出海平時滿不長眼……滿有她自己的步調，也挺任性……挺有主見的，會慌亂成

這樣可真稀奇。

「那、那個、那個，學長，我跟你說……」

「嗯……」

難道她慌亂的理由，並不是因為連來找我有什麼事情都還沒說就睡著，而是在於要說的事情本身……

「我最近……那個一直都沒有來。」

「噗！」

「啊，不過請放心！託學長的福，那個在昨天晚上終於來了！」

「是嗎！那太好了！不過那既不是我害的，也不用託我的福吧！」

「不！肯定是託倫也學長的福！畢竟沒有倫也學長的話，我想我絕對生不出這樣的東西！」

「主詞！主詞是什麼？指示代名詞以外的具體主詞到底在哪裡！」

※　※　※

「……神？」

「是的！有超神的靈感降臨了！所以我想盡快讓學長看看！」

呃～換句話說，出海想表達的似乎是這個意思：

「那個來了」＝「靈感之神降臨了」……

把文意補充完整，就是插畫家波島出海大概畫出對她來說夠神（並不是廣島隊的球迷）……呃，相當於神來之筆的圖了……

「……未免太容易混淆了啦啊啊啊～！」

「啊啊！對不起對不起！」

「好啦，妳那神來之筆的圖在哪裡！讓我看啊！」

「呃，那個……」

「趕快啦！讓我看一下也不會變少吧！」

「……學長，你的眼神好恐怖。」

「……抱歉。」

這次換我脫口說出容易造成混淆的話了，我懷著反省之意做了一兩次深呼吸，平靜心情。

即使如此，身體還是比較老實，我的全身依然想看出海的新圖而心癢難耐。

……啊，抱歉，我又講出容易造成混淆的話了。

「那、那個，我會讓學長看的。我會讓學長看，不過……」

「不、不過？」

面對亂有興致的我，出海剛露出有一絲猶豫的臉色……

「從現在起，能不能請學長稍微離開房間呢？還有，希望學長在我說好以前都不要進來。」

然後就像我之前（第八集）到她家拜訪那次一樣，把我趕出去了。

※　※　※

「喂～出海～」

『還沒好喔～！絕對不可以開門喔～』

「到底在幹嘛啊……」

接著，過了十五分鐘以後。

房間外頭有我依然被出海吊胃口，隔著門死纏爛打地一直問她好了沒的淒慘身影。

即使被我像這樣不停地騷擾，她還是像報恩的仙鶴，堅決不肯讓我看到作畫時的模樣。

『啊，再怎麼說，我也不是現在動手畫的喔。再說我畫的速度也沒有那麼快。』

不過，這點我從門板另一邊傳來的聲音就聽得出來。

平時聽慣的，像是用滾輪窸窸窣窣地摩擦紙張的細微聲響。

肯定是我房間裡那台用舊了的彩色印表機的送紙聲。

換句話說，出海不是在畫圖，而是在將畫好的作品印出來。

『啊啊！卡紙了～！』

「……要不要我幫忙？」

『不，不必學長費心！我自己會設法解決！』

而且從剛才的運作聲聽來，列印張數差不多多達二位數了。

……難道說，她的神原畫產量有那麼高？

「噯，至少給我點提示啦。妳畫了什麼樣的圖？」

『不行～統統是祕密！總之，請學長滿懷期待地等著吧！』

「是讓妳那麼有自信的作品嗎？」

『我從出生到現在，第一次在自己畫完以後受到感動……頭腦大受震撼呢！』

「呃，妳的言行……」

出海簡直像被某人（松○禎○）附身一樣，都不掩飾亢奮的情緒。

『所以我想盡量將衝擊性呈現出來，讓倫也學長看。』

「出海……」

即使與我至今認識的那些創作者相比，她對自己的評價依然偏低。

在同人界出道僅僅兩年，從作品大賣算起僅僅一年，要出海有自信或許是強人所難。

就算那樣，從去年第一次看了她的同人誌到現在，我對她那含蓄的自我評價始終抱有一絲慚愧。

正因為如此，我才不覺得出海這種自誇過頭的態度是在說大話。

今天，她肯定會讓我見識到遠遠凌駕於過去的出色畫作才對。

來吧，旗子插好了！……不對，我做好心理準備了。

『完成了！』

「那麼……我可以進去了嗎？」

『讓學長久等了……請進！』

我吸了一大口氣，然後懷著滿身的期待將手伸向門。

※　※　※

「怎、怎麼樣？」

「…………」

當我再次走進自己房間的那一刻……

果然，跟之前到出海家拜訪時一樣，我只能啞口無言。

「我還是沒辦法畫出像澤村學姊那樣的『繪畫』。」

那張圖和我想像中「超乎想像的畫作」不同。

「我只會先畫草圖，再把線稿清乾淨，然後用掃描器存進電腦上色。我對藝術性的筆觸不太了解。我只畫得出自己曉得、自己喜歡的圖。」

意思是，以出海過去畫的圖而言，一切正如想像。

「不過就算那樣，我覺得……這張圖也不會輸給澤村學姊就是了。」

意思是，儘管那張圖正如想像，卻是我沒有想像過的「超乎想像的畫作」。

在房間裡，靠床鋪的整面牆上，貼著用印表機列印出來的彩圖。

上緣遍及天花板，下緣遍及床鋪，左右兩邊遍及房間角落。

可是……

那確實佔了龐大的面積，確實用掉了許多張Ａ４紙……

不過，那卻是一幅將如此大量的紙張依序拼湊起來的，巨大畫作。

「我試著將圖放大了一點……因為我希望能給學長最棒的第一印象。」

其實原始圖檔被放大的程度才不只一點，然而那張圖的解析度，簡直高到幾乎不失細緻感。
那種尺寸，還有那精細的畫工，都足以匹敵英梨梨那幅被譽為「壁畫」的《寰域編年紀X
Ⅲ》主視覺圖像。
但上頭畫的並非幾十個角色的群像，而是單單一個女孩子。
還有，那個女孩子是……
「英梨梨……？」
「因為那還是暫定的名稱。準確來說，是附屬女主角之一才對。」
一直針鋒相對，一直較勁，一直讓我追逐其背影的，宿敵。
還有還有，將那位宿敵型女角全身上下鉅細靡遺地用全彩畫出來的那張圖……
「可是出海，這……」
「啊哈哈……得修圖才行呢。」
是全身赤裸的。
重要部位──呃，我是指胸部──並沒有加以遮掩。
毫不吝惜地露給畫面另一邊的人看了。
「不過不過，倫也學長，這有一半要怪你喔。」
「怪我？」

身為英國混血兒的她，肌膚白皙、滑嫩、柔軟，甚至寒毛都畫出來了……我似乎有這樣的感覺。

那白皙肌膚上染上些微燥熱的紅暈，滲出一層薄汗的濕氣。

羞恥、決心及愉悅都交雜在一起的扭曲表情。

將那樣的清秀、純粹、色情，表現得太過逼真。

到底要怎麼發揮，才能將我的劇本畫成這樣的圖……？

「因、因為……『英梨梨22』的劇本無論重讀幾次，那段情節就是會這樣發展，對不對？」

「……啊～」

劇情事件編號：英梨梨22
種類：個別劇情事件
條件：進入英梨梨劇情線之後發生
概要：與英梨梨的第一次……

……那個（從第九集第一八二頁起）劇情事件，變成了這張圖嗎？

「那一幕的文字敘述有點……不，實在非常色耶。」

「抱、抱歉。」

我將自己身為噁心阿宅的妄想熬了又熬，使其膨脹到極限的那個劇情事件（到第九集一九一頁為止）……

原來出海受到了那麼瞎的劇情影響？

「我在腦海裡一直苦思要怎麼構圖……苦思到最後，畫出來就變成這樣了……」

的確，如今在我們眼前「畫成這樣」的這張圖，以分級尺度而言固然是完全出局……

「畫了顯然會出問題，但我的手卻停不下來，而且畫著畫著，我就覺得這會是張出色的大作……」

「嗯……妳說得對。」

就算那樣，正如出海所說，這是張出色的大作。

畢竟就算在尋常的情色遊戲裡……不，就算在情色遊戲移植的美少女遊戲裡，像這樣嬌豔的劇情ＣＧ也難得一見。

「都是學長不好啦……是學長害我陷入這種情緒中的。」

「妳是指這種『想畫圖』的情緒對吧！」

出海肯定是更上層樓了。

她在追趕英梨梨，卻沒有直直地追向其背影，而是想從完全不同的角度趕上英梨梨。

一點都不藝術。但卻驚艷動人。

靠著高解析度與龐大色數引誘人看清每個細節，聚集精湛技術而成的圖像。

如果要比喻，就是等身大抱枕的那種品質……？

「可是學長，除了要修尺度以外，還有其他問題耶。」

「咦？這張圖有問題？在哪裡？」

「其實畫這張圖花了我整整一星期。」

「……喔～」

「所以照這種步調，要將剩下的圖畫完，不知道要花幾個月……」

「拿捏平衡吧！把需要雕琢的部分分清楚！好嗎！」

還有我要先聲明，出海能用一星期畫得這麼細，原本就已經算夠快了。

唉，雖然說，有個怪物偶爾也會若無其事地在一天內畫出這種水準的圖……而且，那個怪物還和我同班。

可是，那傢伙之前也經歷過完全無法畫圖的幾個月，才總算站上那種境界。

因此希望各位業界人士，對於偶爾會「拖稿拖到以年為計算單位的插畫家」也投以寬容一點

的目光。至於往後要不要繼續發包工作端看各人判斷。

……好啦，不提那些了。

「那我們開始吧，出海。」

「咦，開始什麼？」

「這還用說……我們要找出稿期與作畫品質的折衷點啊！」

我如此宣布以後就打開電腦，點開社團專用資料夾當中的「ＣＧ列表.xlsx」檔案，奮然按下列印指令鍵……

「……咦？」

「對、對不起！剛才印那些圖把墨水用完了！」

「啊～……」

後來，我慢條斯理地換了墨水匣。

※　※　※

「下一個劇情編號是『出海04』……在集宿劇情事件中，穿泳裝拿海灘球嬉鬧的構圖……」

「用百分之百的畫力！品質要求到最高！」

「……這還是共通劇情線耶。」

「可是場景是海邊喔，有泳裝喔！這是我們特地舉辦集宿製作的劇情事件喔。」

「不，妳還是用百分之六十的畫力就好……我希望至少九月以前要將共通劇情線全部畫完。」

不知不覺中，太陽快要下山了。

在如此的傍晚時分，點亮燈光，關掉冷氣，從窗口迎進涼風的房間裡，攤開在桌面上的「ＣＧ列表.xlsx」和「工作期程.xlsx」紙本文件上，用紅筆寫的註記正逐漸增殖，幾乎要填滿字裡行間的空隙。

「泳裝劇情確實會吸引玩家的目光。不過以故事來說，那並不算占有大篇幅的場景。」

「咦~可是我不想在這裡偷工減料耶……」

「出海……這不叫偷工減料，剛好相反。」

「相反嗎……？」

「這是為了把資源盡量集中到真正需要神級ＣＧ的部分……這可以說是為了畫出最棒的畫作，無論如何都得下的工夫！」

「啊……！」

我們從剛才就一直沒有寫劇本，也沒有畫圖，只是沒好氣地對著兩張紙互相討論。

「妳想把全力投注在所有圖上面……這我了解。但我們要在冬COMI發行這款作品……這次我們一定要端出完工的成品。」

然而在此刻，那是比寫劇本、畫圖都更重要的事情。

「不管怎麼安排，大概都會留下後悔。早知道就改成這樣會不會比較好呢？我們會一直如此煩惱……但我們還是得做出決斷。」

「倫也學長……」

沒錯，目前我們所做的，就是由寫手和繪師爭論每個劇情事件的ＣＧ，各別要分配多少程度的畫力在上面，以及什麼時候要完稿。

或許那其實是總監(伊織)的工作。

但是，這麼重要又營養的工作，交給別人未免太過可惜。

作畫品質、稿期、整體遊戲完成度、對玩家的吸引度，還有創作者的動力……

塞進那許許多多的要素，把劇情事件ＣＧ的編號，逐一填入工作期程表……

在遊戲製作過程中，如此寶貴的一環。

「既然都要後悔……我們就一起來決定，然後後悔吧。」

「好、好的！我明白了！」

「妳明白了嗎，出海！」

「是的，我會追隨學長到最後！」

「好，那就換下一張劇情事件ＣＧ嘍！」

「請隨時放馬過來！」

「接著是『出海05』……一樣屬於集宿劇情，在露天浴池的場景……」

「百分之百！不，用百分之一百二十的畫力！」

「……喂～」

呃，這真的很重要，妳要了解啦……

※　※　※

「嗯～……」

不知不覺中，夜深了。

「唔唔唔唔～嗯。」

如此深夜，在遠遠傳來蟲鳴的房間裡，我們正逐漸放緩添寫工作期程表的速度。

「巡璃劇情線後半的圖片都用百分之百的畫力來畫，會超出截稿日一星期以上……」

「不然就刪減花在其他圖片的天數，或者刪減圖片本身的數量……」

「咦～我們都那麼努力地壓縮了，還要再調整嗎？」

該排進期程表的ＣＧ還剩幾張，供緩衝的日數卻已經全部用完了，只剩刪減哪裡的選項。

沒錯，接下來才是這項工作的真正痛苦之處。

狀況已經落得像顧此就會失彼的拼圖一樣。

「還是說，巡璃劇情線進入高潮戲碼的那些圖再稍微縮短作畫日程？」

「不……唯獨這一幕，我萬萬不想偷工減料！」

「出海……」

「畢竟這是最應該仔細畫的部分啊……這才是《不起眼女主角培育法（暫定）》的真正主題，難道不對嗎！」

「是啊……是啊！」

然而，我們的奮戰落入這種狀況之後，才有真正的醍醐味。

「噯，學長……事到如今，我不太願意這樣說就是了。」

「妳客氣那些才嫌遲呢。趕快說看看。」

「……我們要不要從第一張圖重新考慮看看呢？全部重來一次。」

「真巧耶，出海……我現在正打算那樣提議。」

後來，過了幾個小時……

我們倆都陷入了莫名的亢奮狀態。

結果，重排期程表的作業又重弄了兩次。

說不定，那根本就是在浪費時間。

說不定，只是在沒有出口的隧道裡兜圈子。

可是，我們倆都預想會有神級作品出現而內心雀躍。

有時抱頭苦思，有時欲哭無淚，有時彼此歡笑。

我們無厘頭地高高擊掌；興高采烈地唱起動畫主題曲的組曲：在劇本朗讀會中掙扎得死去活來。

於是猛一回神，不知不覺中末班電車的時間早就過了……

到最後，我今天早上剛提出的「不打亂生活作息」這條規範，連短短一天都撐不過。

第三章　這麼說來，我原本是**情色遊戲寫手**吧

星期日，早上六點。

「呼啊啊啊啊～」

我抓了首班車出發的時段送出海到車站，回到房間以後，就再也忍不住自然而然冒出來的特大號呵欠了。

之所以如此，是因為關燈拉上窗簾的陰暗房間與太陽早就升起的外頭形成對比，讓徹夜未眠的我強烈地被勾起睡意。

「好啦，來睡嘍……」

一天以前，理應挺直背脊坐在桌前，打起勁要開始寫劇本的我，正準備拎著進度零頁的成果精疲力盡地倒上床。

但我不後悔。

畢竟昨天我得到了可以補足落後進度還綽綽有餘的戲劇性成果。

「從中午……不，從八點再來開工……」

我順從腦子的慾望閉上眼睛，脫掉牛仔褲，連換上睡衣都懶，就穿著T恤和一條平口內褲倒上床鋪。

我撥開棉被，把身體鑽進底下，讓柔和的暖意滲入肌膚。

「嗯……」

接著，滑嫩可親的觸感就在我的手臂及大腿擴散開來。

被窩殘留著些許濕氣，即使如此卻格外舒適，聞起來不知道為什麼比平時更舒服。

「呼啊……」

我一面用皮膚、鼻腔還有指尖感受那種舒爽感，一面逐漸陷入深沉的睡眠。

「哎喲，阿倫你真是的……」

「怎樣啦……」

此外，連耳邊都有懶洋洋的聲音及吐息，逐漸包裹住耳膜與耳垂。

「我才剛熬完夜，很想睡啦……」

「妳放心吧，我也是……」

「要做等我睡過一會兒再做啦……」

「我明白了……那就兩小時後……」

「嗯，了解～……」

不久，我們不分先後地到達活動的極限，就對兩小時後的我們做了吩咐，然後進一步交疊身體，在狹窄的床鋪裡纏綿。

緊接著，我在睡著的前一刻伸手摸索，手就溜進了她的衣服與肌膚間的空隙，進而摸到那對雙峰，以及峰頂……

「咦？唔哇啊啊啊啊啊啊啊啊啊啊啊～～！」

「……嗯？」

導火線是哪個部位就先保密不提，我發現自己有可能鬧了天大的烏龍，就用臥姿從床上垂直地跳起大約一公尺。

唉，我想沒有睡迷糊的人（明智的各位讀者）都很明白，在昏暗房間的床鋪上，除了我以外似乎還潛伏著其他不明生物。

……呃，已經注意到的人也早就發現那是誰了吧？

「小、小小小小小小小小美（美智留）～！」

「阿倫～你好吵～既然都決定兩小時後再做了，就再等一下嘛……」

「等什麼啦！我們原本決定在兩小時後做什麼！」

「咦～你不是有那個意思嗎？所以才對我到處亂摸……」

「抱歉我完全睡迷糊了饒過我吧可是誰教妳的反應也跟平常不太一樣真是夠了拜託妳連那些都一起忘掉我求求妳！」

呃～雖然說是我睡迷糊了，但只有這次完完全全是我主動的，錯都在我身上，這一點並沒有討論的餘地、毋庸置疑、無從辯駁……

簡單說呢，我真是爛透了。

鬧出這種狀況，假如對方不是脾氣夠熟的美智留，此刻我就是個被人臭罵成玷汙清純少女的色胚男，並且莫名其妙地被要求決鬥，明天就在學生會的見證下，在有如競技場的設施中跟人單挑，還施展出連自己都不曉得的真正能力而勝利，落得轉眼間被女方迷上的地步。搞什麼，太便宜我了吧。

……沒有啦，我有誠心地在反省喔，真的。

「呼啊啊啊啊～哎喲，吵到我都睡不著了啦～」

「關於那一點真的是我不好，不過無論妳要睡還是要講話，都先把這個穿上吧。」

我說完以後，就把散亂在地板的短褲扔向依舊一臉想睡地蹲坐在床上的美智留。

與此同時，我自己也匆匆穿上原本脫掉，亂丟在地板的牛仔褲。

話說我們剛才都只穿一件T恤和一條內褲同床共枕，現在回想起來未免太……

「噯～話雖如此，現在回想起來，感覺這次真的差點擦槍走火耶～」

如此表示的美智留一邊穿上我交給她的短褲，一邊使壞似的嘻嘻笑著。

「既然妳這麼想就不要來這一套啦，美智留……」

「嗯？你說的『這一套』是指哪一套呢～？」

「噯，妳這是明知故問吧？對吧……」

這陣子，美智留的反應忽然變巧妙了……

像剛才發生意外時，以前她就會用摔角的招式回敬我，或者積極地纏我，然後哈哈大笑把事情帶過。

而現在，她既不排斥，卻也沒有積極接受，還用像是委身於我的含糊態度回應，那樣太能刺激我……不，太能刺激普通男生的妄想……

還有，美智留現在穿短褲的動作也是。

換成以前，她明明會用吆喝的調調把褲頭一鼓作氣拉上去，感覺不到任何嫵媚。

現在美智留卻慢慢地一次只穿一條腿（彷彿在模仿動畫第一季第六話），還用兩邊膝蓋相互磨蹭（詩羽學姊穿絲襪的那一幕），把腳尖朝向我，簡直像剛辦完事一樣……

「怎麼樣，色不色？」

「看吧，妳果然是刻意這樣做的！」

「啊哈哈哈～」

而且這張笑容也不像她平時放聲大笑那樣，顯得稍微慵懶，有種微妙的引誘感。

如此看來……美智留好像正準備讓某種特質覺醒。

那對於她個人的魅力、我的心理衛生，還有作品尺度會造成什麼樣的變化，我想大概得觀察之後的發展吧。

※　※　※

「……新曲？」

「沒錯，超讚的曲子！感覺正是mitchie的新境界喔，所以我才想盡快讓你聽……」

「啊，是喔……」

美智留像平常來到我房間時一樣，在床邊坐下來，拿起吉他，一面動手調音，一面總算談到她來訪的目的。

「噯，你那是什麼平淡的反應？我以為你會很開心，才專程搭首班車來的耶。」

「呃，沒有啦，抱歉……」

美智留的報告對社團來說是相當好的消息，對她所謂的新境界，我不能不大為期待。

畢竟在劇本撰寫進入佳境的這個時期，她所帶來的曲子滿有可能就是用於配合高潮戲碼，難保不是為這款作品決定評價的重要配樂。

……不過，關於我的反應變得微妙這一點，只能說是時期實在太過不巧（美智留跟出海的情節有所重複）的關係。

該怎麼說呢？就那個嘛，有種同一套把戲玩兩次，或者劇情編得牽強到不行的感覺。

「唔～感覺好不甘心……我昨天晚上那麼亢奮真像個傻瓜。」

「沒有啦，抱歉。但我真的很期待，彈給我聽聽啦。」

「哼，我馬上就會讓你為自己現在的那種態度後悔……」

美智留固然是在鬧脾氣，卻沒有連幹勁都失去的樣子，她賞了自己兩下耳光提振精神，然後將手指放到弦上。

「這是預言喔……你聽完這首曲子，就會把臉埋到我的胸前哭得唏哩嘩啦……」

「……妳自己把門檻拉高了耶～」

然後，伴隨美智留鏗鏘有力的宣言，房裡盈現她譜出的音色。

※　※　※

「……如何？」

「…………唔。」

三分鐘後。

當美智留的樂音從房間裡消失，她再度看向我的瞬間……

這次換我讓房間裡響起如雷的掌聲。

「好棒！這曲子不錯！確實是新境界！」

「是嗎？」

「是啊，我含了一點眼淚！有夠動人的不是嗎！」

「……呼嗯。」

我就這樣一面對美智留的新曲……不，神曲讚不絕口，一面用手背輕輕地擦了眼角。

那與美智留之前為了遊戲新作而譜的樂曲相比，確實有所區別，是足以替劇情高潮點綴增色的作品。

以往她也譜過點綴愉快日常的輕快曲子；讓人忍不住噗哧發笑的喜劇風格曲子；讓人忍不住

想為兩人的戀情加油，怦然心動的曲子。每首都是傑作，可是這首又高出了一兩個層次。

剛才美智留彈給我聽的，是抒情調性的曲子。

要形容的話，相較於以往傾向輕快開朗而甜蜜的曲子，這首曲子既動人又苦澀，可是卻能感受到包容這些情緒的一絲溫柔……那樣的溫柔，反而強烈地揪住人心。

然而，這或許並不是單由這首曲子帶來的功勞。

或許正因為有先前那些偏開朗的曲子當基礎，這首曲子的異質性才顯得突出，在整體均衡中給予聽者衝擊。

倘若如此，功勞得算在從一開始就考慮到樂曲整體構成的人身上……要不是身為作曲者的美智留，就是總監伊織吧。

……我再怎麼搬弄自己笨拙的詞彙，或許也無法傳達出這首曲子的好。

唯獨這一點，或許沒有實際聽過就無法傳達。

「哎呀，真令人期待耶，要把妳這首曲子用在哪一幕呢？」

像這樣，我的靈感受到極大的刺激，立刻又讓心思徜徉於不屬於自己分內的總監工作上了。

既然得到了這麼棒的曲子，至少這一首該由我自行決定放在哪裡，這種身為劇本寫手的慾望正無窮無際地湧現。

「……好吧，到此為止應該都在料想中。」

「咦，妳是指什麼？」

當我像這樣自顧自地興奮起來時……

和剛才相反，這次變成美智留用掃興的表情望著我。

「阿倫，我指的是你沒有哭。」

「啊……」

被她提醒以後，我摸上自己的眼角。

方才流出一點點的感動水珠，現在已經連痕跡都不剩了。

某方面來說，那等於我在無意中贏了由美智留挑起的這場比賽。

「不會啦，算我輸。妳做的曲子有夠讓我感動，真的！」

然而，既然內心被打動到這種地步，我既無意思也無意義對她耀武揚威。

「不行，要是沒讓你哭得唏哩嘩啦就沒意義了。」

即使如此，美智留好像不准我這樣積極正面地棄權認輸。

她從短褲的口袋裡掏了東西出來，亮到我眼前。

「接下來，我要讓你看看魔法。」

「美智留……？」

在她的手指頭之間，有一支ＵＳＢ隨身碟。

「這首曲子的真面目，就在這裡面……」

※　※　※

將ＵＳＢ隨身碟插進桌上的筆電，打開存在裡面的資料夾。

然後，看了資料夾內的檔案一覽表以後，我立刻領會美智留的用意，從中選了「saekano.exe」的檔案，然後連續點擊兩次。

因為那是我們「blessing software」成員之間的暗號……遊戲新作《不起眼女主角培育法（暫定）》的執行檔名稱。

【詩羽】「結束了呢。」

【主角】「嗯。」

會議結束以後，我們一離開大樓，涼爽的風便讓詩羽學姊的黑髮隨之飄揚。

大概是受了那陣涼爽的風影響，她的臉上充滿這幾天以來都沒見過的舒爽暢快……應該說，充滿堅毅之色。

「什……」

「…………」

可是，檔案啟動後的運作方式跟我預料的不太一樣。

因為顯示出來的……並不是遊戲的開頭畫面，忽然就進入劇情事件了。

何況那段劇情……

「這是怎麼回事……？」

就是我上個月讓詩羽學姊也試玩過的，「詩羽學姊（暫定）」劇本當中的最後一段劇情。

「噯，你再多玩一點看看啦。」

不知不覺中，美智留已經坐下來靠到臉色納悶的我旁邊，還用挑釁的眼神從近距離望著我。

可是，我到現在仍無法明白她這樣挑釁的用意，只好緊張地點擊滑鼠，繼續進行遊戲。

在這瞬間，我的訝異與疑問又被引導到其他方向。

從結論來說，《純情百帕》的第二集大綱得到認同了。

不過，關於「在第三集腰斬」這項方針的結論，則是保留再議。

……條件是以第二集的首週銷量來判斷。

不過，以銷量定成敗，某方面來說，對出版社算理所當然的對應方式啦。

即使如此，在贏得這項協議前，我們仍被迫面對過艱難的硬仗。

畢竟，我們跟總編輯號召的方針迎頭槓上了。

到最後，我們提出的新大綱完全無視於她的意向。

「喂……妳等一下。」

「不要一看到什麼就吐槽，趕快玩下去啦～」

我怎麼可能不吐槽……

「妳怎麼拿到這個的……？」

「嗯～？你是指什麼呢～？」

畫面上顯示的文章，確實是我寫的劇情。之前寫的。

可是，那並不是我安插在遊戲的劇情內容。

「照理說，我已經丟掉這份稿子了……」

這是「霞之丘詩羽（暫定）」劇本的初稿。

風格不像純愛美少女遊戲，苦澀且感傷……

描寫我所認識的「真正的霞之丘詩羽」，有骨氣地做出了選擇的劇情內容。

【主角】「總之，大綱過關了……霞老師，之後就是作家負責的領域嘍。」

【詩羽】「嗯，我明白……接下來，寫作與搏鬥都是我的事了。我會用我的實力、我的努力設法處理。」

之前的兩個星期……與其說我跟詩羽學姊都在重新琢磨大綱，其實，我們真正在認真討論的是這件事。

……往後霞詩子與我〈主角〉，要如何自處。

其實，辭掉兼職這件事，在今天被總編輯開除以前，我跟學姊就已經決定好了。

「喂，美、美智留……」

「…………」

美智留好像已經不打算回答我的疑問了。

「這有什麼意思啊？」

「…………」

她只是在我旁邊，跟我朝著同一個方向……只顧死盯著畫面。

那可以證明，我現在做的事情是對的。

表示像這樣不停地點擊滑鼠，正是她想要我做的事情。

「我還得繼續玩之後的內容嗎？」

「…………」

可是，那跟我所追求的有微妙的不同。

因為接下來的劇情發展，連我自己讀了都會難過……

儘管我想到什麼就寫什麼，還對此自賣自誇，卻深切地感到後悔，捨棄了這樣的發展……

【詩羽】「所以……你要努力走你的路喔。」

光用言語，肯定想表達也表達不了。

霎時間，我所受的衝擊……

「～～唔！」

在那句台詞顯示出來的瞬間，片刻不差地開始流放。

跟剛才聽過一模一樣的同一首樂曲，那動人的吉他旋律……

詩羽學姊（暫定）拋來道別話語的，那一瞬間。

【主角】「嗯……我遲早會追過霞詩子給妳看。」

我們在討論的過程中，已經互相發過誓了。

我不會繼續當一個「只會」陪在她身邊的人。

還有，學姊也不會再繼續依賴我。

她會像過去一樣，用自己的實力開拓出只屬於自己的未來。

「啊……啊、啊……」

我知道自己握著滑鼠的手正在發抖。

由那些文字串成的劇情，與感傷、苦澀、溫柔的旋律有生命地交錯纏繞，逐漸滲入我的身體及內心。

這下不妙了。太不妙了……

再這樣玩下去，我將會到達——

光靠文字無法成就的境界。

光靠音樂無法伸及的地方。

即使如此，我的意志已經無法阻止手做出的舉動。

無論是發抖，或者點擊滑鼠……

緊接著，魔法生效了……

【主角】「所以說，詩羽學姊，妳也要加油……」

【詩羽】「嗯……」

「嗚……」

吉他的旋律、主角的聲援，還有女主角的決心化成了三支箭，射穿我的感情，並且令淚腺，決堤。

「嗚、嗚啊……嗚嗚、噫……」

「……好耶！」

美智留在我旁邊發出誇張的勝利歡呼。

「妳……吵死了……啦……」

縱使我拚命想對美智留那樣的欣喜罵出不中聽的話，卻已經連目光都無法對準她。

視野中的一切都暈開了，我連她所在的位置都分不出來。

【主角】「拚死拚活地加油吧。就算輸了也要再加油，就算挫折也要在明天繼續加油。」

【詩羽】「加油。」

我會永遠聲援她。持續聲援她。
但是，我不要當個始終只會扶持她的存在。

這次，我要扶持我自己。
我要讓自己成為第二個霞詩子給她看。

【主角】「加油……加油加油加油加油！」

【詩羽】「嗯，我會的……我會的！」

「嗚咕……哇啊啊啊啊……」
「真正的配樂聽起來超猛的，對吧？」
美智留在我耳邊，吹氣似的發出呢喃。

「在遊戲的感人場景中播放，威力難擋吧？」

我的哭聲明明很吵，她的聲音及那份觸感卻扎扎實實地傳到我耳裡，令人不甘心。

「阿倫，以後你聽見這首曲子的瞬間，就要想起這一幕，然後哭出來喔……不管你是在電車上或是在走路，在任何地方都一樣。」

因為，這活脫脫地就是一年前（第四集二〇七頁），我告訴美智留的那些話……

「我譜出了這種曲子……能讓你還有大家都哭出來的，最棒的一首曲子。」

這傢伙只是盜用了我當時的名台詞而已。

「那可是只能靠台詞和配樂合作，才能促成的奇蹟喔。」

可是，她那低級的盜用行為，如今卻如此令人恐懼。

「耍、耍什麼蠢啊……」

「你這麼覺得嗎？」

畢竟，光靠台詞與配樂，就讓我變得這副德性了耶。

在完整版中，這裡還會加上出海畫的劇情圖片喔。

「我在耍什麼蠢啊……居然……為自己寫的劇情掉淚……」

要是變成那樣……或許我玩過以後，就再也無法振作了吧。

「……呵呵。」

在這般的恐懼驅使下，我拚命擠出不中聽的話……

美智留則是泰然地、慈愛地一笑置之。

既然如此，我懷的這些情感就只能朝那張微笑的源頭抒發了。

「來吧，阿倫……」

美智留把手搭在哭泣的我肩上，將我轉向她那邊。

她不放過拚命想把頭轉開的我，還繞到我的面前，探頭望進我的眼底。

……望進我淚水直流，又丟人現眼的眼底。

『你聽完這首曲子，就會把臉埋到我的胸前哭得唏哩嘩啦……』

美智留獲勝的那一刻，終於逼近眼前了。

接下來，我只能乖乖地委身於那甜蜜的敗北。

放鬆力氣，敞開心房，朝著那片溫暖柔軟的胸部……

「……在那之前，美智留，告訴我一件事就好。」

「什麼事，阿倫？」

「這份廢棄的劇本，妳是從哪裡弄來的？是誰編了這些程式碼？」

「……啊～」

「這一點非常重要，美智留……要是不能釐清的話，我就……」

「呃，那個嘛，當然就是小加藤幫了我許多忙……」

「果然惠也掌握了今天的事情對吧！好了，到此為止！謝謝妳，美智留！妳做的曲子真是太動聽了～！」

「………嘖。」

面對大舉退後的我，美智留那藏起來的肉食性眼神只發出了短瞬的光芒。

第四章　別以為不再客套就等於關係加深比較好

「嗨……」

「倫也？」

一週之始的星期一早上。離學校最近的車站驗票口。

從月台上，有大群穿著相同制服的學生朝車站出口湧來，要從中找出格外不顯眼的女同學，實非易……呃，在最近已經變得滿簡單了。

不知道那是因為她最近在外表上變得毫無不顯眼之處，或者我改變了自己看待她的意識形態所致，至今仍無定論。

「哦，你難得會主動等我耶。在朋友之間傳開不會害羞了嗎？」

「抱歉，我現在沒心情聊那些純愛手札的哏。」

「是喔。」

伴隨意識形態出現那樣的變化，彼此的友好度順利提升，現在我們已經變成用名字互稱，早就度過會介意風聲在朋友間傳開的階段了。

「惠，我告訴妳……現在我可是在生氣喔。」

因此，接下來只得當心如何處理像這樣冒出來的炸彈了。

「妳在大約（第七集一三四頁）半年前講過吧……既然是同伴，就要懂得互相報告、互相聯絡、互相商量才符合常識。」

「那妳現在是怎樣？什麼都沒跟我商量，就擅作主張……」

「喔～對呀，怎麼了嗎～？」

「呃～你是指什麼呢～？」

「我在說我廢掉的那段劇情啦！妳把那個給美智留看了吧！何止如此，妳還擅自編寫程式碼把那做成了遊戲對吧！」

「那個喔，你想嘛，我是認為要跟冰堂同學互相報告、互相聯絡、互相商量才符合常識～」

「詭辯！妳那樣實在太令人遺憾了！」

枉費我費心地想避免引爆炸彈，打算息事寧人而用談的解決問題，惠身為當事人卻毫無誠意，倒不如說，她似乎連認真理會都嫌麻煩，居然還擺出讓人聯想到以前那個「加藤」的淡定調調來回應我。

難不成，她以為吵架吵得贏我？

「那碼子事歸那碼子事，你玩過那段劇情了，對不對？」

「我現在就是要跟妳談那……」

「你有沒有哭？」

「我想現在不是談那些的時候！」

……她應該覺得要吵贏我綽綽有餘吧。

「好啦，我在試玩時有哭就是了……在你寫的劇本，和冰堂同學譜的曲子搭配之下。」

「是……是喔。」

「然後呢，你是怎麼哭的？果真像冰堂同學承諾的那樣，在她胸前……」

「我才沒哭，至少我沒在她胸前哭！」

倒不如說，她大概從一開始就完全不覺得自己會吵輸吧……

「所以，你真的要廢掉那段劇情嗎？」

「要！」

「可是你寫得那麼好耶……我哭得滿認真就是了。」

「唔……但、但是這次要出的不是催淚型遊戲，也不是致鬱型遊戲，而是萌系遊戲啦！」

接著，惠似乎是在徹底獲勝後心情大好，這次又特地對我被甩掉……不對，對我不想觸及(詩羽劇情線真實結局)的那段劇情提出了意見。

早知道會這樣，我應該把那段劇情藏在自己心裡才對。

真想揍一個月前沒有多想就把檔案存在社團共享雲端空間的我。

「不過，我覺得可以放在選錯選項的時候，或者留下來當第一輪遊戲強制進入的壞結局……加一點猛藥進去，以多重結局的遊戲來說會很好玩。」

「不，那段劇情以萌系遊戲來說是違反規則。純真的萌系遊戲玩家玩了絕對會受傷！」

沒錯，以我這種人為主。

雖然是我自己先寫出來的，但我已經無法正面直視那段劇情了。

劇情原本的沉重、在現實中聽幕後真身(詩羽學姊)說過的那些話，再加上美智留譜出的動人旋律，如今我只要看到那一幕，心坎就會冒出像是被人挖掉一半的痛楚。

「可是倫也，你在大約一年(第五集一八二頁)前曾講過吧？美少女遊戲有『不受規則束縛』的規則。」

「我才沒有說過，至少我沒對妳說！」

還有，現在提也嫌晚了，關於這集，我建議各位可以一面把過去的集數擺在手邊一面讀。

※　※　※

「唔……」

一如往常地跳過對校園戲的描寫，時間緊接著來到我回家後的傍晚。

顯示於桌上電腦螢幕的是名為「巡璃15.txt」的新純文字文件檔，所醞釀出的潔白光彩。

……這麼說來，我準備萬全地打起勁說「好，來拚吧！」是幾天以前的事情……

不，關於週末沒有進度這一點，正如我之前提過的，沒有任何問題。

因為在那段期間，我們得到了神級原畫還有神級配樂，遊戲新作的品質更加提升，我的創作動力也跟著越變越高漲了。

問題反而不是在週末沒有進度，而是此時此刻，我像這樣坐在桌前已經超過一小時，還是連一行也寫不出來……

「唔唔唔……」

身體狀況除了睡眠稍嫌不足以外，可說是十分良好。

腦袋也因為在上課時睡……節約使用的關係，得以充分運作。

可是，我連只要敘述「那天從早上就在下雨」就好的開頭第一行都寫不出來。

劇情事件編號「巡璃15」是跑完共通劇情線，巡璃的個別劇情線就此開始，定位相當於第二部序章的劇情事件。

換句話說，這是女主角「巡璃」總算表露出戀愛一面的重要劇情事件。

因此，確實要比過去花更多心力才行。

但就算那樣……

「唔嗯～唔嗯～唔嗯～…………………………休息～」

結果，我在書桌前折騰了一小時之久，卻淪為「什麼成果也沒能得到」的狀態倒上床。

……順帶一提，從經驗上來說，像這樣在書桌、床鋪、網路之間展開三角貿易是很危險的套路。

我會被惡魔用「休息一下」、「查一下資料」的免死金牌引誘，回神以後就白白地經過了兩三個小時，進而將原定的作業量大幅削減，變成在打（時間上的）消耗戰。

另外，統計上也有顯示，為了避免那樣的消耗戰，就算我急忙離開床鋪或網路，到最後回書桌前依舊不會有什麼進度，還找藉口表示：「啊～果然問題出在休息得不夠啦～」，之後只會落得讓三角貿易變得更興盛的下場。

唉，因為如此，我暫時放棄回到書桌前，而是躺著把手伸進長褲口袋，掏出了智慧型手機。

坦白講，由於今天早上上學時發生了許多事情，那是我最不想用來轉換心情的方式。

不過，大局為重……

「……咦？」

惠「在工作嗎？」

手機螢幕上顯示了這樣的訊息，讓我在心裡模擬的各種藉口化為一場空。

差不多是在五分鐘前收到的……看來我似乎太專注於煩惱寫不出劇情而看漏了。

唉，既然一樣是漏看訊息，假如可以用自己專注在寫劇本當理由就好了……

「目前在休息。什麼事？」倫也

惠「喔～雖然這完全、絲毫、一點也不重要就是了。」

惠「今天早上的事，我在想要不要稍微打個圓場。」

「……感謝妳滿懷誠意地打圓場。」倫也

「要什麼嘴皮啦！」倫也

彼此間的短短對話，在畫面上陸續增加。

我倒不是沒想過用電話講大概比較快，反正這樣比較省，何況我實在不認為自己現在該吝於花這種時間。

再說……唉，我想我們現在要直接講話，大概也會有一點點尷尬……

惠「好吧～那我說嘍。」

惠「假如劇本寫手要撤掉，那真的就不能用吧。」

惠「所以，身為副總監，我也不會再要求你把劇情擺回去。」

惠「對不起喔。」

「嗯。」倫也

惠「不過，既然我讀過了，就不會撤回感想。」

惠「那段劇情真的不錯喔。」

「謝啦。」倫也

用文字會有無法傳達的語氣。

因為看不見對方的臉，也聽不見聲音，會有摸不著另一端情緒的狀況。

不過，正因為如此，也會有用文章才能變得坦率的時候。

也會有沒辦法說出口，但是動動手指就可以表達的想法。

惠「那今天早上的事就這樣結束了喔。」

惠「辛苦了～」

「不，我還要翻一下舊帳。」倫也

惠「咦～」

「我說妳今天早上，實在有點太不識相了喔。」倫也

沒錯，那不止於正面的想法，還有負面的想法。

惠「不是啦～你想嘛，那是因為我有想要成就好作品的強烈意念。」

惠「再說那是為了社團，也就等於為了你啊。」

「就算那樣，和平時相比還是有某種說不出的反感。」倫也

惠「……是嗎？」

「嗯。」倫也

惠「那跟你平時的態度比，有多令人反感？」

「這個嘛，我想大約有我的一半吧？」倫也

惠「再怎麼說，那會不會太離譜了？」

「要不然四分之一？」倫也

惠「嗯～……」

「……一成左右？」倫也

惠「唔哇，那我害你滿難過的呢。」

惠「我會反省。」

「等一下！」倫也

「妳那樣是不是假裝在道歉，卻對我超不屑！」倫也

我們就這樣對根本沒什麼大不了的小小疙瘩，用難以分辨語氣的文字道歉、互嗆，然後化解心結。

不過，在計較這些小事時，我才忽然實際體會到。

惠「好啦，不開玩笑了。」

「我打從心裡聽不出那些是玩笑話耶。」倫也

惠「我有一半會道歉，但是另一半不會喔。」

「什麼話啊？」倫也

這是不是表示，彼此之間的距離變近了……

換成是以前，根本不會放在心上的歧見，變得格外介意。

原本能一笑置之的話語，怎麼樣也忘不了。

有那種感覺的或許不只是我，對方也一樣……

惠「以後，我還是會露出讓你反感的部分喔。」

惠「因為是你，我才顯露給你看的喔。」

「……好。」倫也

惠「晚安。」

「晚安。」倫也

像是要證明我那樣的想法，惠在最後一舉將距離拉近了。

……我剛那麼想，她居然在下一刻就打住對話。

那是在害羞？在生氣？還是照常運作……從文字來看，果然還是難以表達出語氣。

即使如此，唉，我現在的心情就是比剛才來得輕鬆。

所以才會希望另一端的她，現在也有一樣的心情。

「那麼……來拚吧！」

我把手機收進口袋，然後靠反作用力從床上跳起來，順勢走向書桌。

之前我寫得不順的原因，大概是跟惠……不，是跟第一女主角有些許的心結，但現在都已經化解得不留痕跡了。

何止如此，那一連串和好的對話也被加進大綱，成了巡璃劇本中的一段劇情。

所以，接下來我只要趁著這股勁寫就行了。

我連自己還沒解決晚餐這件事都忘了，只顧埋頭不停地敲鍵盤。

於是，過了五天以後的週末……

《不起眼女主角培育法（暫定）》的最終劇本「叶巡璃劇情線」……

內容依舊是煥然如新的一片空白。

第五章　為什麼描述某人陷入**低潮**，下筆就這麼順啊

「要動力我也有啊。不，動力甚至比平時還要高漲。」

週六早上，在我家附近，一如以往的那座偵探坡。

我坐在位於坡道頂端的投幣停車場的圍欄上，一面揉著剛熬夜完痠痛的眼睛，一面發出不爭氣的牢騷。

我會像這樣，像窩囊男主角一樣在煩惱要選哪個女主角的路線，進行攻略並度過假日是有理由的。那就是……

「可是，為什麼我寫不出來……」

畢竟不久前（上一章最後一行）才說明過情況，大家都能理解吧？

「我還以為自己從那時候算起，多少有成長一些……」

那時候……是在大約一年半以前。

我仍是單純的消費型御宅族，卻忽然放話要碰根本沒經驗的遊戲製作，沒兩下就觸礁難航的去年五月。

沒錯，那時候我正是在這座坡道遇見只為了替我打氣，就不求回報地從北海道家族旅行趕回來的天使（當時），才會立志走上創作者之路。

然後，再次陷入低潮期的現在，儘管我試著來這裡討個像當時那樣的好兆頭，命運中的天使（都說是當時了）卻沒有道理那麼容易就再次現身。

不過相對地，目前在這裡的是……

「好啦，吃吃這個打起精神吧，倫也同學。」

在我旁邊，有嘴裡一邊嚼著饅頭，一邊還分我東西吃的男性朋友（伊織）。

換成一年半以前，我分到的可是北海道伴手禮丸成奶油夾心餅。

雖然我差點忍不住牽拖到點心上……

「嗳，這個好吃……」

即使如此，紅豆餡的清爽甜度，還有外皮彈性十足的口感，讓我深深地對自己卑微的想法做了深刻的反省。單指點心而言。

「這是名古屋車站賣的生麩饅頭。昨天我去跟好久沒聚的國中朋友見面，剛剛才回來。」

「哦，原來這是名古屋的名產……」

「要稱作名古屋名產或許還嫌冷門，不過，以往吃過的人都給了好評，算是叫座率滿高的珍

品喔。」

如伊織所說，這不只是美味，輕薄柔滑的口感還會留下後勁，讚到讓人不知不覺中就吃了第三顆。

「唉，不過純粹要談名古屋名產的話，我應該會先推薦小雞形狀的『嗶兒布丁』。它承襲了以往做成鯱魚形狀的『鯱泡芙』的創意，屬於正統的名古屋搞怪甜點。再來如果要追求名古屋的『風格』，那就非坂角的『緣蝦仙貝黃金罐』莫屬。有名古屋限定的金閃閃包裝盒，裡面裝的則是充滿鮮蝦香味的蝦味仙貝。惡俗品味搭配蝦子，簡直可說是滿載名古屋精神的傑作。說到名古屋名產，雖然也有人會推薦赤福或鰻魚派，不過那分別是伊勢與濱名湖的名產，嚴格來講不算名古屋喔。名古屋車站大概也顧慮到那點，還曾一度停止鰻魚派進貨，但是那反而觸怒了當地民眾而搞得怨聲載道……」

「其實你超愛名古屋的吧，對吧？」

我一面對滔滔不絕的伊織感到傻眼，一面把第四顆饅頭塞進嘴裡。

「噯，有像我這種突然寫不出來的狀況嗎？」

「創作者嘛，那種狀況多得是。」

「就不能來一點辦法嗎？比方要勇往直前的建議，或者可以讓人打起幹勁的一句嘉言……你是製作人吧？」

總之，我把思緒從名古屋切割開來，回到商量煩惱的正題上面，而伊織給了我毫不遮掩的直白答覆。

「我並不屬於會幫創作者打氣的製作人。」

「那你是為了什麼存在的啊……？」

大抵來說，所謂的製作人會奉承創作者；在酒館聽牢騷話；帶補給品到工作現場。總之他們的工作，不就是無論怎樣都要讓人有心情幹活嗎？

難道他們最被需要的，不是讓公司認同高額收據有其必要性的能力嗎？

「我想當的是……能讓創作者的工作心血被大眾認同為成功作品的製作人。」

「是、是喔……」

伊織的回答和我心裡對他的勢利印象恰好相反，可以從中窺見不符其風範的高尚志節（笑）。

「我會插嘴管做出來的東西能不能賣、方針合不合乎現今社會的風潮，不過要做出好東西的終究是創作者，並不是我。」

「我就是希望你能把『方針』講得具體一點……比如寫怎麼樣的劇情事件應該不錯，希望能加入哪種台詞之類的。」

「就說過了很遺憾，我並不屬於那一型。」

因此，無論我再怎麼死纏爛打，伊織還是本著他那高尚志節……不對，還是本著他的信念，冷冷地跟我撇清。

「再說，你才是屬於那一型的製作人吧，倫也同學？」

「我……？」

「你會朝創作者靠攏到底，對劇本出意見，有時還自己動手寫，甚至連繪師的心理問題都要干預，之後反而害對方畫不出來……」

「唔……！」

伊織指出的看法，讓大約一年前（從第五集到第七集左右）的記憶像跑馬燈一樣在我的腦海裡浮現，心跳速率也不由自主地攀升。

「那有時候會發揮強心劑的效用，但是走錯一步就會變成魔劑。」

「你用後半句那個字眼時真的懂意思嗎？」

「總之就是這麼回事……所以，我無法當你的歸宿。」

「呃，那不用你來當，話說我們什麼時候扯到那邊了？」

我一面反擊伊織那些搞不懂是在胡鬧還是認真在陪我討論的說詞，同時也為了搶盒子裡最後一顆生麩饅頭而先發制人。

「話是那麼說啦……那我應該怎麼做才能讓自己寫得出來？」

但我漂亮地搶輸了最後一顆饅頭，就再度擺出使性子的語氣，向伊織抱怨。

然而……

「是你的話，總該曉得我對那種問題會怎麼回答吧？」

「……『那種事情，我怎麼可能知道啊？』對吧？」

「是的，答對了～」

「你喔……」

朋友都痛苦成這樣了，這傢伙居然這麼無情……啊，不對，我跟這傢伙才不是朋友，別誤解喔！

「所以嘍，我一開始就說會等你到十一月吧？你要多麼痛苦，要百般掙扎都可以喔。」

……撤回前言。這種人不會是我的朋友，別誤解。

「可是伊織，我沒辦法相信花費多少時間，作品就會有多好。」

畢竟以往的我都只在短期內拚輸贏。

我首次下海跟詩羽學姊合力完成的劇本，是在短短兩天內寫完（所有內容還被打回票兩

次），快得簡直讓人懷疑是不是要參加打字大賽。

還有，這次作品變成由我獨挑大梁以後，擬定大綱固然是卡了一陣子，然而劇本撰寫的作業本身仍順順利利，之前那些女角的劇情線，我都在兩週內寫完了。品質姑且不管。

只要我一來勁，手指常常會跟不上腦海裡構思的文章。

無論是在哈哈大笑時、哭哭啼啼時、發出尖叫時、高聲吶喊時，純文字文件總是填滿了文字。品質姑且不管。

……因此過了一週卻還一行都寫不出來，這對我來說是初次體驗。

「所謂的作家，就是得一直扛著這種壓力嗎……？」

不停寫作時，對身體確實大有負擔。

可是，如今我變得寫不出來，對心理造成的負擔實在無法和那相比。

責任感、焦慮、無力感、憤怒……還有其他數不盡的負面情緒成群結黨，彷彿要將我壓垮。

「不要緊，也有人跟那種壓力沾不上邊喔。」

「哪種人？」

「首先，就是眼裡除自己以外沒有其他人，即使在唯我獨尊的創作者中也特別超凡的分子。那種人絲毫不會顧忌對他人造成困擾，所以東西遲交或鬧失蹤都無關痛癢，更不會退還稿酬。此外以B型居多。」

「……那不能當參考啦。還有給我對B型的人道歉。」

「另一種就是腦子裡隨時都有克制不了的無窮創意湧現，根本沒空陷入低潮期的人。」

「怎麼可能會有那種怪……啊，這麼說來是有。」

這傢伙（紅坂朱音）的前上司正是那種怪物。

「倫也同學，之前的你也給我類似的感覺喔，品質姑且不提。」

「唉，反正這次我完全被打回原形了。我不是指品質。」

「不過呢，那種下筆如神的狀態要是持續十年之久，就會人格分裂成像朱音小姐那樣的人耶。」

「……喔～我當普通的創作者就夠了～」

扯來扯去，搞不清楚這樣拌嘴是在發牢騷還是講廢話，我度過了週六的午後。

儘管有人聽我傾訴，心情多少輕鬆了一點。即使如此，我還是一點也沒有冒出動筆的靈感或其他主意。

對我來說，就算還不到無所事事的地步，依然只是什麼進度都沒有地任時間流逝。

「那碼歸那碼，你應該有跟加藤同學好好說明過吧？」

「說明什麼啦？」

「那還用問，就是和我單獨見面這件事啊。瞞著她的話，之後你會挨罵吧？」
「別講那種在各方面都讓人生厭到極點的話啦！」

※　※　※

「……唔。」

從房間窗口微微照進來的夕陽完全散去，街上的朱紅色幾近消失，傍晚時分剛過不久。
我的房裡終於也受到黑暗支配。唯一抵抗著那片黑暗的桌上型電腦螢幕前面，卻沒有人在。
結果我還是沒有任何什麼進展，始終躺在床上，就這麼迎來白天與夜晚相接的時刻。

和伊織分別，回來家裡，坐到書桌前，悲壯地下定決心是在幾小時前。
然而螢幕上所顯示的純文字檔案，仍舊只寫了劇情事件的標題部分。
可是，我在那幾小時之間並非什麼都沒寫。
我只是反覆地寫了又刪、寫了又刪而已。

其實，這樣倒也可以稱作一大進步……或許吧。

因為到昨天以前，我都只在腦海裡完結掉那樣的過程。

在腦海裡構思腦中所浮現的點子，對其玩味，對其失望，然後刪除掉。

構思出別的劇情以後又刪掉，再構思後刪掉，周而復始，連實際在眼前寫出來都辦不到。

對這種不停地在漆黑的隧道裡走，也不曉得到哪裡會有出口的空虛行為，我直到剛剛才領悟到「這樣下去不行」。

「先寫出來看看好了，或許那樣就會有進展。」——如此心想的我覺得至少要寫個開頭，就沒有光動腦袋，也試著動了手指。

……呃，雖然我也明白自己發現得太晚了。倒不如說，我從一開始就不停地吐槽自己做的事情說：「這樣不行嘛。」

即使如此，無論當時或現在，我還是不明白自己為什麼會因為自身的判斷而陷入那種糟糕的循環。

「這次一定行……」

伴隨熟悉的話語，我從床鋪起身，然後面向書桌。

光是今天，我嘀咕這句話的次數就輕鬆超過了二位數。

因此，面向書桌的次數自然也超過二位數。換句話說，逃避到床上的次數也是二位數……

即使如此，我仍仗著自己比昨天多前進了一點點的事實，再次拚命動起僵掉的手指敲鍵盤。

※　※　※

……於是，又過了幾個小時。

我把剛才那些行為多重複了五次，如今已經快要晚上九點多了。

「啊啊啊啊啊啊啊……！」

我總算不再無精打采地躺在床上，而是提起精神……在床上打滾。

寫了五次……差不多兩百行左右的文章，到最後又成了倒退鍵的牲品。

寫到一半想不出後續發展而刪掉；覺得後續發展太老套，找不到繼續寫下去的意義而刪掉；還有對後續發展能接受，卻覺得「還是不夠好」而刪掉，千奇百怪的刪除理由都可以歸結為一。

說穿了，就是自己覺得不行罷了。

為什麼要一刪再刪？

為什麼寫得再久都無法接受？

……對此，我依舊沒有頭緒。

不過，我總算弄清楚自己卡在哪裡了。

我只是一直寫不出，目前顯示在螢幕的這段劇情而已。

劇情事件編號：巡璃15
種類：個別劇情事件（巡璃的個別劇情線開始）
條件：在最後一次挑選女主角時選擇巡璃就會發生
概要：巡璃把男主角放在心上了

進入個別劇情線以後的第一段劇情……

要將女方想法轉變最多的部分，在劇情中呈現出來。

換句話說，那是巡璃首次以女主角身分「站上舞台」的場景。

換句話說，那更是讓以往一直喜歡巡璃的玩家們，正式開始和她談戀愛的場景。

再換句話說，要是這一幕沒寫好，巡璃劇情線就會搞砸，這是絕對不容許搞砸的場景。

明明是如此重要的場景，回頭審視大綱，我卻發現上面只寫了一行字……

「巡璃把主角放在心上了」。

……看到那行字的瞬間，我從大綱檔案把該段說明複製到劇本檔案裡，再默默地關掉大綱檔案，然後，我就在腦海裡扁了幾個月前的自己一頓。

伊織怎麼會說這份大綱ＯＫ啊……

什麼叫「第一女主角非得是無人能敵的第一名才可以」。

這樣子哪叫第一啊？無人能敵的根本是敷衍程度嘛。

不，其他部分確實有滿仔細地做安排。

像故事開頭，在巡璃仍然態度淡定的時期，那些裝糊塗的對話範例就充實到讓人有點煩躁；還有故事末尾，主角和她配成一對以後的綿綿情話，也同樣充實得讓人有點煩躁。

這表示，我從當時就一直沒有正視過這個場景……

不過，由於這層因素，我也曾經想過要改變寫作方針。

我打算跳過巡璃愛上男主角的這個場景，先寫後面他們成為情侶的所有互動……結果立刻就受挫了。

畢竟要是不知道巡璃和男主角經歷過什麼才成為情侶，就不可能描寫以那些前提為基礎的甜蜜戲碼……

不對，如果是傳說中被吩咐「因為主筆寫完共通劇情線就溜了，剩下兩天要把十二個女主角的個別劇情線全部寫好」的那六個人，或許就可以輕易完成，不巧的是我並非那六人之一。

何況我篤定像這樣子「取巧」，將會牽動到這部作品的命運，如此靈活的寫作方式對我來說就已經不可行了。

地點要在哪裡？購物中心？學校內？還是男主角的房間？

情境要怎麼安排？約會中？放學以後？還是煙火大會？

……在腦海裡，在文章裡，有成百成千的巡璃像這樣出現，然後消失而去。

因為我覺得每個都不錯，同時也都不算好。

這可是男主角第一次和巡璃用男女生立場互通心意的劇情事件。

弄不好的話，這就是我從一年半以前就在構思，期間卻從來都沒有拿定主意的劇情事件。

快要被罪惡感與絕望感壓垮的我，從口袋裡掏出手機。

……呃，這也不過是我以往做過好幾次的舉動。

可是相較於以往，這次我更有悲壯的決心，或者應該說，情急之下的覺悟分量有別以往。

依靠別人並不可恥。只要不是從頭靠到尾就行了。

自食其力並沒有什麼好驕傲。要是拿不出成果就等於本末倒置。

而我，只是個剛出道的菜鳥寫手。

身為創作者的礙事自尊心及固執僵化的脾氣，我都還沒有養成。

因此，我打開智慧型手機的通訊錄，翻到「K行」……

「……唔。」

……列在「K行」最前面的是「霞之丘詩羽」，我急忙地把那滑到畫面之外。

那並不是出自於創作者的自尊心或脾氣。

只是該怎麼說呢～要說的話，大概是身為男生的自尊吧。

應該說此時此刻，我就是不能依靠那個人……

「啊……」

伴隨著這樣的懊惱，我捲動畫面的手突然停住。

儘管那裡依然是「K行」。

還有一個人……說不定目前能提供助力給我的人，姓名就列在那裡。

所以我祈禱似的把手機舉到頭上，拚命舒緩緊張，按下通話鍵。

於是，手機撥號聲持續一會兒後……從通話口響起了有些慵懶的嗓音。

『……是你嗎，少年？』

「好久沒向妳問候了……紅坂……朱音小姐。」

第六章　真的，**以前**寫得快多了……

『沒想到你會打電話過來……』

「請問妳該不會正在休息吧？」

『沒有……嗯，稍微昏昏沉沉的。我人在家裡。』

「沒想到」並不是她才懷有的感想。

連我自己都不曉得為什麼會找上她。

她在我認識的人當中，確實是少數也會創作故事的職業創作者。

所以目前我如果要求教，她在能力上是勝任的……也可以說再合適不過。

只是，縱使如此……以過去的經歷、地位的差距還有對方的人格而言，我只能說這是個太不合理的挑戰性選擇。

紅坂朱音──

近十年來在漫畫、動畫業界以頂尖人氣及銷量封后的最強多媒體作家。

在作畫及編劇皆有引以為傲的高評價及技術，無論是死忠的核心粉絲、喜好多變的一般人，都不分海內外地陸續被她廣納吸收，讀者時時在增長，業界屈指可數的創作人。

……因此，由我這種待在同人界，還剛出道的劇本寫手看來，她位在比雲端之上還要更高的平流層之上，原本來講，並不可能是我能隨便直接打電話商量的對象。

「不好意思，突然致電打擾……請問妳現在方不方便談話？」

『……你有什麼事？』

即使如此，我稍微鼓起勇氣就能像這樣和她取得聯繫，是因為彼此勉強還算有交情的關係。

「啊，假如妳忙的話，我可以改用郵件……」

『說你要幹嘛，回答問題。別惹我發火。』

「……對不起。」

但她果然很恐怖……

雖然她之前古怪、發笑、發飆的模樣也相當可怕，但她今天這種想睡而不悅的調調同樣令人難以置評。

「其實我有點事想找妳談……畢竟妳之前給了我名片，所以……」

『先聲明，假如要聊的是你與我們工作成員之間的男女關係，我可管不著。那種事情由你們

自己去解決。』

「和那方面完全、絲毫、一點也沒有關係，因此請妳放心。」

不過話說回來，剛才這通電話明明是由我打過去的，她卻認得出是我？

意思是，她有把我這種小人物的號碼存進通訊錄？

「我目前正在寫之前那款遊戲的劇本……」

『你還在寫？是冬COMI要推出吧？搞同人可以悠悠哉哉的真好。』

「對不起對不起……然後，我想談的是，呃……」

我硬是忍住想吐槽『妳還不是從同人界爬上去的？』的衝動，並且更加慎重地挑選用詞，打算進入正題。

「我現在稍微遇到了瓶頸，應該說，排在最後面寫也最重要的第一女主角劇本，根本一點進展也沒有……」

在我想談的正題中，這還只是開場白的開場白……

『把狀況說清楚。你寫到什麼地方了？卡在哪裡？自己心目中的理想與現實有什麼差距？假如可行的話，把你到目前為止寫的大綱和劇本全部寄過來。』

「…………………什麼？」

紅坂小姐帶著想也想不到的衝勁，對我發的牢騷表示有興趣。

『啊，寄劇本有困難嗎？不然你就在可以透露的範圍內把故事劇情告訴我。』

「沒、沒有啦，重要的是……請問妳真的願意聽嗎？」

『你是要討論創作方面的事吧？那我總不能不聽。』

「紅坂小姐……」

她積極成那樣，反而讓打電話過去討論的我嚇了一跳。

或許是心理作用吧，先前她那想睡的聲音感覺已經恢復精神與活力了。

對方如此認真地回應，儘管有失禮貌，我反而擔心起是不是陷阱而提起防備……

『趕快講。我想盡早嘲笑痛苦掙扎的菜鳥作家。』

「……唔哇～」

不，這肯定是陷阱。

※　※　※

後來，我對她說出了一切。

包括之前交給她的試玩版後面的故事劇情。

還有在那當中，目前尤其讓我感受到瓶頸的第一女主角劇情線的內容。

遇到瓶頸的部分、遇到瓶頸的期間、對於之所以遇到瓶頸而做的考察，以及自己到目前為止為了寫劇本所嘗試過的做法。

自己追求的最強萌系遊戲的形象、自己追求的第一女主角劇情線及自己追求的第一女主角。

時而熱情，時而快言快語，時而含淚。

對於我不停傾瀉的這些話語，朱音小姐有時答腔，有時默默地催我說下去，有時一面穿插切中要領的質疑，就在她終於聽到最後時……

『噗……』

「…………」

『咯、咯咯咯……』

「…………」

『啊哈哈～～！』

「噯！妳沒必要笑成那樣吧！」

她放聲爆笑了。

這個人的性格果然超級惡劣……

『你、你這、你這隻三腳貓……居然得意忘形……啊哈哈哈哈哈～』

「我知道自己本事不夠啦！所以才用三腳貓的方式掙扎，拚命想要往前進……」

『不，反了。你是因為前進了才寫不出來啊。』

「咦……？」

『這樣啊，原來你已經懂得羞恥了嗎？比想像中要早呢……不知道是眼光變刁了，還是腦袋變刁了。』

但是，那個性格惡劣至極的天才女漫畫家卻……

『不對，這麼早就陷入低潮期，想成兩方面同時有所長進才妥當。這樣一來，你大概也成為不是只靠初學者運氣的正派劇本寫手了。』

「紅坂小姐……？」

以語氣和態度來說，她顯然是在嘲笑我；然而以那些話來說，感覺儼然不像在貶損我。

『唉，別擔心。那是創作者都會走過的路。雖然走不過就成不了創作者。』

「不是吧，那樣我會擔心啦……」

倒不如說，倘若無視語氣把她講的話謄成文字稿，感覺那些內容果然還是在為我打氣，想給我建議。

先不管在製作進入佳境時被她那樣說，也只會讓人背脊發冷這一點。

『基本上，就算成為職業作家，還是有許多人會陷入跟你同樣的狀態而從業界消失。』

「是、是嗎？」

『是啊，我現在就舉幾個實際的名字，你抄下來。可以用來警惕自己，也可以用來當聚會喝酒的話題……』

「知道那些確實能豐富自己的御宅族人生，這我了解，不過以人品來說好像會變成扭曲的業界人……」

唉，可是光把她說的話直接謄成文字稿還不行，如果不從中節錄有幫助的部分，聽起來還是不像在為我打氣……

『以往一再順利出刊的作家會像那樣突然寫不出來，或者慢慢地變得下筆緩慢，原因大概有幾個……』

「原來有好幾個啊……」

『其中一個便是單純對以往的品質感到不滿意，還想追求比目前更好的表現而從錯誤中嘗試學習……換言之，就是眼光變刁了。』

我好像在別的地方聽過那種症狀……不對，我半年前就聽過了。

在我這種小角色眼裡看來感覺根本是傑作的畫，在標準提升的當事人眼裡會顯得不成氣候，結果一歇手就是好幾個月……

『那種人要走的路很單純。要嘛就順著理想成為一流，要嘛就將理想降低到自己的技術水準成為二流，要嘛就無法抵達理想境界而消失……』

「英梨梨算……」

『這個嘛，那傢伙算是難得能抵達理想境界的……』

紅坂小姐的聲音裡，微妙地摻雜了欣慰的調調。

與此同時，我的胸口也連帶地感到刺痛。

「所以我也是眼光變刁了，才會對自己的劇本感到不滿意嗎……？」

『不，你的情況八成不只那樣。』

「請問是妳剛才提到的『腦子變刁了』嗎？」

『沒錯，這比剛才那種情況棘手一點……』

「噯，別那樣說啦……」

『腦子變刁了……就是因為技術提升的關係，現在的你可以看見前方該走的許多條路……也就是選項。』

「…………………啊～～～～～」

聽了那句切中要害，讓我完全心裡有數的說明……

我不禁深切地發出濃厚的嘆息來回應。

『就算寫的時候，你覺得故事朝著某一個最適合的方向在推展，有時候還是會突然想起一度被你抹消掉的可能性。』

「啊～啊～啊～」

『然後，你會疑心生暗鬼地受困於那樣寫會不會比較好的疑慮，手就停下來了。』

「啊啊啊啊啊啊啊～」

在我心裡，簡直有一百個自己正說著「對對對」地對此發出表示贊同的吶喊。

『那樣的話就沒救了……要是你對目前推展的故事產生疑慮，要是你沒辦法相信那篇故事，就寫不出好東西。自然而然就動不了筆。』

應該說，她的觀察讓我懷疑是不是正看著我腦裡的構造在講解，竟能如此準確、細膩且毫不留情。

『可是事到如今，你也不曉得該不該退回自己在心裡設好的「選項」，寫起其他的故事……進也地獄，退也地獄。選不了任何一邊的優柔寡斷男主角……不對，優柔寡斷的寫手就此誕生。』

所以，我被她隔著手機的那些話掏入內心，才講到一半就無法贊同或辯駁，只能茫然地任人宰割。

『你啊，真令人慶幸……咯咯咯。』

「哪有啊……」

至於紅坂朱音這一邊，則是跟靈魂寶石因此變得越來越混濁的我形成對比，聲音及語氣逐漸摻雜越來越多的愉悅之色。

『還需要問嗎……以往你那些一路通到底的故事，正接二連三地有新的可能性被解放。這不叫喜事，要叫什麼？』

「或許那本身是件喜事啦，問題是它發生在當下啊！」

畢竟，我目前正賭上自己御宅族人生的一切而奮鬥。

……我明明正為了打倒跟自己通話的「對手」而奮鬥。

『才這點小事就讓你消沉是要怎麼辦？先告訴你吧，技術越高，這座由思路構成的迷宮就會變得越複雜喔。』

「…………當真？」

就算我像這樣鬧脾氣，對方的愉悅也不會消退。

『試著想想看吧，每當你獲得新的經驗或技術，新的岔路就會出現，以往走不了的死路也逐漸打通……展露在前方的是喜悅，同時也會讓你感到畏懼才對。』

然而從她那些喜孜孜的煽動話語中，能感受到的真理何止片段，而是多有所惠。

我從巡璃劇情線感受到無限的可能性了。

我本來就覺得她把男主角放在心上的理由，非要跟其他女角有劃時代的區別才行，事實上，我想到的獨特點子也已經多達三位數。

只不過，感覺那些都稱不上劃時代。

『反過來說，以往你常走的正規大道將因為經驗累積與技術，而嚴重傾向陳腔濫調。要不是變得封閉，就是變得狹隘難行……除非事態特殊，否則你不會想走那種麻煩的路。』

而且我太過追求劃時代的點子，就把以往用過的套路統統封印了。

童年邂逅的記憶；情敵登場，還可以分成主角觀點、女主角觀點兩種寫法；因為生病或受傷而照顧對方……

在我對那些方案嗤之以鼻，或者羞恥得翻來覆去的過程中，不小心就養成了看輕所有點子的毛病。

『於是在你前面，就只剩下挖得和螞蟻窩一樣錯綜複雜的思路了……甚至連你自己都沒辦法理出頭緒。』

她所道出的創作者懊惱深深地揭露出我的內心，幾乎到令人發毛的地步。

因此就算被她笑，我也只能用笑來回應。

「那……請問我該怎麼做才好？」

對，我只能用問的。

問她如何逃離那樣的深淵。

而且，頂多再兩週……不，最慢也得是花不到一個半月的手段。

『既然你身為作家已經觸及那種境界……往後，你只能一直與之周旋了。』

可是，簡直像算準了要一語點破要害一般，她居然給了我最不想聽見的答案。

「呃，請問有沒有起碼更具體的提示……比如能更釐清問題的思考方式，或者能確實往前推進的做法。」

『好吧，假如你想輕鬆點，從一開始就要封殺其中一邊。』

「妳是指……在舊路線和新路線之中選一邊嗎？」

『沒錯，看你是要橫行無阻地只選擇當時開拓的活路來跑，成為時時能替讀者帶來新驚喜的高明作家……』

『或者，你要將正常來講會羞恥到封閉不走的老掉牙路線強行打通，成為總是能替讀者帶來同一種感動的勇猛作家。』

「紅坂小姐，請問從妳的觀點……我應該走哪一條路呢？」

『這個嘛，兩邊我都不推薦。』

「喂喂喂喂喂～………」

她更像算準了一樣，撇開我最想聽的解答不提。

『走到最後，兩邊都不通啦。不停開拓新路線，遲早會變得太前衛而縮窄讀者的門戶。老是強行打通舊有的路線，遲早會真的淪為了無新意，還是會縮窄讀者的門戶。只剩下新客人或信徒肯吃你這套。』

「我不是在談那麼久以後的事啊。我想知道的，就只有現在該怎麼辦才好……」

『如果你以後還想一直寫故事，兩種能力都要弄到手。假如你想在這一部作品就燃燒殆盡，隨便選一邊衝就行了。』

「以後還想一直寫……？」

結果，無論我怎麼拜託，她還是不肯開特效藥給我。

她提示給我的方法，到頭來就只有扎扎實實下苦功，還有鍛鍊能成就那種苦功的強韌精神力而已。

『再說呢，如果你要立刻見效的方法還是有喔。只要在一天內想出一年份的故事，就算陷入

低潮期也補得回來。這我就敢推薦了。』

「那是用了什麼樣的CPU啊！世界第一的CPU？第二不行嗎？」

……明明她自己是個猛開外掛的角色。

『別去預測十步以後的局面。控制在三步之內，至少預測過下下下一步就好。否則你會陷入漫長的思考。下將棋也一樣吧？』

「是喔……」

紅坂老師的寶貴課程依舊活力十足地持續著。

倒不如說，光是一直聽她講的我都快要先投降了。

『即使覺得行不通也先別掉頭。從頭到尾衝一次再說。』

她的話並非沒有幫助。

應該說，我目前只付電話費，就能享受到正常來講花再多錢也聽不到的金玉良言，是個運氣非凡的幸運兒才對。

……只是那些話太過寶貴也太沉重，需要時間消化罷了。

『假如成果一無可取，再從頭做起就行了。』

「啊……」

『怎樣？』

「沒有……」

像這樣，紅坂小姐偶爾也會提到我從補習班……從詩羽學姊那裡學過的道理，儘管這屬於逆推的驗證方式，卻能加強她那些話的說服力。

『一週內什麼也沒寫，以及將一週內寫出的文章全部捨棄，從一週後來看，以結果而言是相同的吧？何止如此，寫了還能提升自己的技能。後者甚至是有優勢的。』

唉，關於那一點，無論告訴哪一邊，感覺都會惹火她們，因此我就刻意不說了。

『像這樣脫韁失控的作品，其實滿有趣的喔。有靠計算發揮不出的瞬間光彩，有大刀闊斧的魄力。』

「是……」

『多享受自己的失控吧，享受從中湧現的熱情……你在上一部作品就那麼做過吧？』

她那樣說，簡直像是用帶有些許瘋狂的薄膜……不，用辛香料來掩飾熱情可比某位網球解說員的台詞。

「紅坂小姐。」

『嗯？』

「非常感謝妳的教誨。」

她所說的話，毫無疑問地是在對我熱情聲援。

因此，我不只用言語答謝，還在距離遙遠的這塊地方對她深深地低頭行禮。

有點遺憾的是，我不曉得她目前所在的方位。

『最後再告訴你一點……』

「好的……」

『自慰吧，少年。』

「噗！」

『自慰到讓自己爽翻天，自慰到讓大家忍不住都想看，自慰到產生羞恥無比的自覺，放膽秀出來吧！』

「不不不不不，最後一項不合理吧！」

『當作家的人啊，全都是變態，全都是暴露狂。他們都想把自己瘋狂的腦袋倒出來給全世界的人看，都是沒話說的神○病。啊哈哈哈哈哈哈哈哈哈哈哈哈哈哈哈。』

「妳果然有病！」

第七章　我想惠派讀者可以把書籤一直夾在這裡

「…………」

鈴響第五聲。

夜已深的房間裡，在既沒電視也沒影片播放聲的寂靜室內，智慧型手機響起細微的呼叫聲。

「…………」

鈴響第七聲。

響到現在還沒接，大概是關機了或者沒帶在身邊……

「…………」

鈴響第十聲。

既然如此，讓手機再繼續呼叫應該也只是浪費時間。

「…………」

鈴響第十五聲。

好，這樣的話就再響十聲，要是她還不接……

『……倫也，現在幾點啊？』

「呃～星期六……不對，已經是星期日的凌晨一點半了。早安，惠！」

『……我覺得這不是說早的時間耶，你覺得呢？』

在我快要死心而掛電話的那一刻……對，就在那一刻，通話口終於傳來愛睏的聲音了。

「好啦，那碼歸那碼，我有點事想講，不知道方不方便？」

『既然你現在要問我的意見，還讓手機響那麼久……』

「哎呀，其實呢！我剛才有了超棒的靈感！是關於我們這款遊戲的主要劇情，有個棒到極點的點子……！」

『……果然，你沒有要問我的意見吧。』

※　※　※

『製作巡璃篇的劇情？』

「對！主要劇情！第五個角色！最後一條劇情線！」

『然後，你要我也一起參與……？』

沒錯，我想了又想，最後想到的低潮期脫離法就是這個。

不僅限大綱，不僅限商量，我連製作劇情這件事都要借助他人的力量。

而且，我要找的是頭號當事者……第一女主角本人。

「前面一小段……不是啦，一開始的個別劇情就好。妳陪我把『巡璃15』的劇情事件做出來就行了……」

『咦？那不是你從上週就一直在寫的劇情檔案嗎？』

「所以我才要拜託妳啊！」

『……呃～』

「惠，妳之前對我說過吧？『讓我們來創造吧？我們兩個人的……接下來的故事……讓我們一起創造吧。』妳是這麼說的！」

『你竟然把超過一年前（第一集二三四頁）的事，而且還是我被迫照著霞之丘學姊那份劇本講的內容搬出來……還有，我希望你不要模仿我。』

「不像嗎？」

『噁心。』

儘管惠難得用那種凶巴巴的語氣而令我畏懼，但我還是鼓起勇氣，拚命地繼續說服她。

「給我意見就好了，妳回答YES或NO就好了。妳只要用第一女主角的立場，判斷我寫的劇情能不能打動妳的心就可以了……」

『用那種方式，真的能做出好東西嗎？』

「至少，我只知道靠現在的做法別說做出好東西了，根本連完成品都生不出來。」

『啊～……』

「目前呢，我可以想出好幾種發展及對話……可是，我不知道要從中選那一種才好。」

『那真是……既優柔寡斷又差勁呢。』

儘管惠難……儘管惠這樣挖苦我並不難得，然而畏懼的我還是鼓起勇氣以下略。

「所以，女主角在各個場面會做出什麼樣的抉擇、會回答什麼樣的話，我想請女主角本人來選。如此一來，我的負擔就只剩替男主角做選擇了。」

『由我來替女主角……替巡璃做選擇？』

手機另一頭的語氣……似乎有些動搖了。

我認為那分動搖就是她從自己被要求的角色，感受到沉重責任的證據。

「惠，拜託妳。」

『倫也……』

然而，那所謂的「沉重責任」，對惠來說絕不是什麼重擔。

何止如此，那應該可以喚起她對社團抱有的強烈使命感。

「只有我是不行的。沒有妳，巡璃劇情線就無法完成。」

『沒有我……就不行嗎？』

所以，我把這當成最後的臨門一腳，對惠使出了殺手鐧……

「是啊！不會錯！畢竟，連鼎鼎大名的紅坂朱音都……」

『紅坂……朱音？』

「啊。」

然後，我完全搞錯在這場談判中該打的牌了。

『那麼倫也，請你到那邊坐一下。』

「我有坐著啦！或許隔著手機看不見就是了！」

『這是屬於我們的遊戲，對不對？』

「對、對啊。」

『這是要由我們合力完成的作品，對不對？』

「當、當然了！」

『還有你記不記得，那個人是什麼樣的人、對我們社團做過什麼事，多虧如此才讓我們現在落到什麼地步？』

「算、算是都記得啦……」

『呼嗯嗯嗯～～原來那些你都曉得……你明明曉得，還去求那種人啊，倫也……！』
「對不起啦啊啊啊啊啊～！」
……後來，我又多花了到目前為止的三倍時間才讓惠重新答應幫忙。

※　※　※

「好，那就開始對戲嘍～妳那邊把『巡璃15』的大綱檔案打開了嗎？」
『啊～是是是。』
唉，雖然在無關於製作遊戲的消耗戰上費了不少時間，我們兩邊還是設法在著手準備。
「妳那是什麼滿不在乎的反應？接下來要克服的可是我們這款遊戲的最大難關，妳怎麼變回『淡定版加藤』了！」
『呃～這個嘛，是不是該歸咎於久違的『旁若無人版安藝倫也』呢～』
儘管我對部分成……半數成員士氣低落這一點有些介意，不過那碼歸那碼，只要我發揮平時的積極態度帶領她就行了。
你最近(每集中間)不是都毫無作為嗎？這類冷靜的指證都一律駁回。
「……很好，很好。恰巧接下來要製作的『巡璃15』，就是第一女主角巡璃從以往的淡定變得比較感性的橋段。換句話說，妳目前這種狀態最貼近巡璃在這個場景的性格！嗯，了不起！居然一下子就掌握到女主角的心境！不愧是我看上的第一女主角！」

『啊～夠了，我現在不想叫你倫也，所以我要改回「安藝」了喔。』

「這麼入戲啊！原來妳對角色投入得這麼徹底！不，為了回應妳的氣慨，我現在也像以前一樣叫妳加藤好了！」

『……你都不會氣餒耶，安藝。』

「……妳才反應淡薄呢，加藤。」

唉，扯來扯去，我們的關係不幸倒回大約一年前，就當是鬧著玩的……

即使如此，接下來我們的「對戲」終於開始了。

「那我先說明概要，『巡璃15』這段劇情是進入巡璃個別劇情線的第一個劇情事件，也是她把男主角當成男生放在心上的關鍵劇……」

『噯，我也有把劇本從「巡璃01」讀到「巡璃14」，但是我覺得之後不可能忽然就進展成那樣耶。』

「馬上就說不行嗎！」

於是，對戲開始後不久，挑毛病的砲火就猛烈襲來了。

『再說，男主角這樣的形象塑造不合理啊。像這種愛說嘴又老是把自己的主張強加在別人身上的煩人男主角，根本沒有女生會喜歡吧？』

「妳、妳今天……比平時還要……」

不僅是語氣恐怖，惠……加藤還一面散發讓人疑惑「這到底是打哪裡來的詩羽學姊」的黑色氣場，一面開口否定劇本的基礎。

可是考慮到劇本寫手的動力，我認為妳那樣算是下下策耶，妳覺得呢……？

「不、不然要怎麼做才好，能不能請妳告訴我呢……？」

我硬是把站得住腳的反駁藏到心裡，還用低聲下氣的態度恭敬地向她求救。

『我想想喔……總之，要不要先檢視男主角之前的行動與台詞，再把他修改成比較讓人有好感的角色？』

「要、要把之前的男主角……改掉嗎？」

我拚命忍住快要沿著背脊流下來的冷汗，還像隻被遺棄的小狗一樣，使勁用眼睛往上瞟。

『嗯，也不是多誇張的變動啦，只要稍微調整他的遣詞用字，還有無意中做出的一些反應，我想就會像樣一點……不，就會好很多了。』

「可、可是……那樣的話，果然就表示……」

『嗯，從頭審視共通劇情線吧。』

「唔啊……」

幸虧有我多方容忍及體諒，先前全無拚勁的惠……呃，加藤展現的態度變得如此積極了。

嗯，這實在是僥倖，我們跨出一大步了。

『好，那我們要開始嘍，安藝。你那邊打開『巡璃01』的劇本了嗎？』

「是是是，現在就來～！」

……呃，雖然這一步是朝著正後方跨出去的。

※　※　※

劇情事件編號：巡璃04
種類：選擇式劇情事件
條件：在第二個星期六選擇巡璃之際發生
概要：主角和巡璃出門觀看足球賽，忍不住就開始自嗨……

『啊～這個劇情事件有問題。』

「哪、哪裡？」

『這個嘛，男主角的舉止、言行、態度……簡單來說就是全部吧。』

「妳現在才說這些！」

從最初的「巡璃01」，加藤審視的眼光就凶狠無止盡……

尤其在「巡璃04」……男主角和巡璃首次約會的這個劇情事件，她的毒勁更是大鳴大放。

在無意中認識的男主角和巡璃莫名地合得來。

男主角既沒有特別緊張，也沒有特別留意女方的喜好，就彷彿理所當然地、隨便地、霸道地邀了她一起觀賞只有他自己想看，鍾愛隊伍的主場賽事。

起初他還會教巡璃足球規則，鼓吹主場隊伍的好；女方卻連那些都沒有興趣，只能被淹沒在球場裡，把玩著智慧型手機打發時間。

後來比賽開始，賽況比預料中更加熱烈，男主角就連話都不跟巡璃講，只顧專注於球賽，還扯盡嗓門加油。

然而，巡璃既沒有對那樣的男主角生氣，也沒有擅自回家，只是淡然地一直坐在他旁邊……

後來當主場隊伍在下半場的傷停時間得分，獲得戲劇性勝利時，他與她就帶著天差地遠的情緒熱度擊掌……

『我跟你說，沒有女生會對這種我行我素的任性男生抱持好感喔。』

「才、才沒有那種事！妳想嘛，電視劇裡常出現這種橋段啊。男方主動邀請女方，自己卻沉迷在其中……儘管女方一開始感到傻眼，不過還是覺得男方孩子氣的那一面很可愛，就脫口說出：『唉，拿你沒辦法。』……」

『不會那樣的啦。如果在現實中那樣對女生，說完「拿你沒辦法」後人就回家了。』

「等一下，妳別走啦！」

那段劇情在我的心裡原本是想將平凡無奇的日常，描寫成溫暖人心的插曲……

可是，加藤對那段故事的評語，句句都充滿讓人寒心的猛批。

話說回來，我明明是拜託她檢視女主角的言行，怎麼會變成在探討男主角……？

『安藝，霞之丘學姊有教過你，像這種共通劇情線的劇情事件，每一段都應該具備各自的意義對不對？』

「是、是啊，她說要讓角色相互得知彼此不為人知的一面，將各式各樣的事件鋪陳累積起來……」

『可是這一點也沒有滿足那些條件，要讓霞之丘學姊來講就是「光把文章寫得又臭又長的垃圾劇情」對不對？』

……呃，加藤這種態度肯定是還在記恨剛才的事吧，對吧？

「不、不過、不過……對了！像妳就願意一直陪我到早上啊！妳想嘛，剛認識不久時，我曾邀妳到家裡舉辦電玩集宿活動……」

『虧你還有節制，沒讓男主角邀女方參加電玩集宿，這部分算是有所節制的……可是呢，除了動畫或電玩以外，並不是什麼都可以強邀女生一起參與喔。』

「……是那樣嗎？」

『基本上，你勉強把男主角的興趣寫成足球，想營造自己不熟悉的現充感，這段劇情就已經冷掉了吧。』

「……有必要把話講得這麼重？」

『嗯，因為劇本寫手對足球根本不熟，卻還讓男主角大談特談，行為一點說服力也沒有。』

「唔哇……」

我倒覺得論點好像被巧妙地帶開了（集宿那件事被混過去了）……

不過，先不管加藤是不是故意的，由於話題匆匆進入下一階段的關係，為了反駁她挑的毛病，我只好先找藉……呃，提出自己的意見。

「可、可是女生也會被這種『有點霸道的男生』吸引不是嗎？當然只僅限於型男啦！」

沒錯，多虧出海的畫力及妄想力，這個男主角是兼具帥氣及可愛，言行稍微誇張也能容忍的美少年。

說起來，他的造型實在美得即使跟好友角色有ＢＬ發展也能讓人接受……

『假如長得帥就什麼都能被容忍，劇情就會變得膚淺，女主角的魅力也會下滑喔。』

「唔……」

『你想嘛，光因為拿掉眼鏡變帥，女生的態度就忽然改變的話會覺得假假的吧？』

「請問一下，妳說的那個應該沒有任何實例吧……？」

※　※　※

劇情事件編號：巡璃08-B

種類：選擇式劇情事件

條件：發生過詩羽06，在第八個星期六選擇巡璃之際發生

概要：和巡璃在購物中心約會，然而……

不知不覺中，共通劇情線的對戲工作已經來到故事中段……

『…………』

「那、那個～加藤？」

『……嗯～？』

「妳該不會睏了吧？」

『啊～沒有，我不要緊。』

「那妳怎麼了？忽然安靜下來……」

直到剛才，始終都在數落我……不對，始終都在糾正細節的加藤沒了反應，我以為她快撐不住了，就試著跟她搭話……

『呃～因為呢，重讀這一段劇情，讓我想起許多事……』

「想起什麼事！」

……不過，看來加藤並沒有體力撐不住之類的狀況，她似乎只是抱持著比之前更不穩定的某種情緒。

這樣的她現在正在讀「巡璃08-2」……男主角和巡璃第二次約會，還丟下她走掉的意外情節。

主角對上次約會做了反省，這次就交由巡璃決定去哪裡約會。

然後她提議的約會方案，是去逛新開幕的暢貨中心。

約會當天，人潮太多差點讓男主角感到挫折，但他為了期待著的巡璃打起精神。

男主角下了許多工夫思考，使得在人潮中逛街買東西變得像逃脫遊戲一樣有趣。

到了傍晚，逛完所有地方的時候，巡璃把禮物送給男主角。

那是她感謝男主角在今天陪伴她一整天的證明。

可是，男主角卻這樣告訴心存感謝的她……

「抱歉，我沒辦法送妳回去……接下來，我有非去不可的地方。」

『……啊～這樣不行。嗯，這個劇情事件果然太差勁了。』

「等一下等一下！妳單看這個劇情事件就斷定劇本爛，會不會太過分！」

是的，其實劇情並不會單單在這個事件中完結。

因為這跟另一個女主角霞之丘詩羽（暫定）的劇情有密切關聯。

換句話說是這樣的……當詩羽（暫定）好感度比較高時，遊戲設計成在這段劇情事件出現之前，會先發生男主角對她執筆的小說大綱有歧見而吵架的「詩羽06」。

「巡璃08-2」則發生在「詩羽06」以後，而且在這之後，更會直接銜接到描寫男主角和詩羽（暫定）和好的「詩羽07」，它就是如此特殊的劇情事件。

……先說清楚，不可以追究這段劇情（第二集第五章）的由來。

順帶一提，當「詩羽06」沒發生時，遊戲也安排了男主角在和巡璃約會後好好地送她回家的

「巡璃08-1」差分劇情。

像這樣，女主角各有複雜交錯的劇情發展，將人際關係描繪得多采多姿，正是這款遊戲的一大賣點。

……唉，雖然這個賣點在剛才被全盤否定了。

『可是，無論重讀幾次，丟下女主角離開的這個男主角簡直太差勁了不是嗎？』

「不對吧，這是感人的場景吧！巡璃也推了他一把啊！」

沒錯，在男主角向巡璃說明原因並懇求她原諒的場景，我還準備了「假如你現在拋下學姊不管，以約會為優先，那我會生氣回家喔。」的感人台詞……

『這跟那是兩回事啊。』

「等等，我完全不懂妳在指什麼啦！」

說真的，巡璃明明這麼懂事，加藤卻……

『話說回來，聽女生在口頭上原諒以後，就以為真的得到原諒了，這樣很遲鈍耶，安藝……不對，我是說這個男主角。』

「噯！妳才複雜過頭又莫名其妙吧，加藤……不對，我是說這個女主角！」

我們對戲就像這樣一直講不通，光讓時間逐漸流逝……

『啊……』

「怎麼啦？」

『我的手機快沒電了。』

「啊～……」

不久以後，結果機器比人先瀕臨極限了。

『傷腦筋耶，這麼說來，我昨天晚上忘記充電了。』

看向時鐘，不知不覺中就到了凌晨三點多，表示我們已經講了超過兩小時。

「那今天先到此為止好了。謝謝妳，加藤……不對，惠。」

『沒有啦，這樣不行喔，安藝。』

「……妳還不肯讓我把稱呼的方式改回『惠』嗎？」

『等我一下……我現在要到插座那邊。』

「……啥？」

何況目前並沒有顯著的成果出現。

還有，我也開始想睡覺了。

『接上去……好了。嗯，這樣就可以一邊充電一邊講話了。那我們繼續吧。』

「噯，妳那邊現在是什麼狀況？」

『啊～別介意，因為插座不在床邊，我只是移到地板上而已。』

「……意思是妳現在手機接著充電器，還躺在地板上跟我講話？」

『沒問題啦。因為我把筆電也搬到地板上了。』

「…………」

……照這麼說，看來我這邊的情況，對目前的加藤……惠來說，似乎毫無意義。

『來吧，接著換「巡璃09」……啊～這段劇情也好差勁。』

「……喂。」

她是如此地不高興、不講理、盡會挑毛病。

然而，卻如此地盡心盡力，充滿拚勁。

這個第一女主角實在複雜過頭，太莫名其妙了啦……

※　※　※

劇情事件編號：巡璃13

種類：選擇式劇情事件

條件：發生過英梨梨10，在第十二個星期日選擇巡璃之際發生

概要：男主角隱瞞自己照顧生病的英梨梨這件事不說，導致和巡璃第一次吵架

共通劇情線要改的部分只剩兩個了。

「那麼，我本身對這段劇情的解釋是……」

『嗯……』

只要改完這些，總算就能抵達終點……非也，總算就能抵達起跑線。

「其實啊，在這個時間點，我想巡璃對男主角大概有好感……」

『啊～那不可能啦。嗯，在這個時間點絕對不可能。』

「噯！這故事是我寫的耶！」

可是，就算來到個別劇情線已經近在眼前的「巡璃13」，我還是完全看不見將好感度從負分歸零的那條路……

身為男主角的青梅竹馬，同時也跟巡璃是好朋友的英梨梨（暫定）病倒了。

為了準備校慶，她獨自接下畫招牌的工作卻遲遲無法完成，瞞著大家熬夜好幾次而導致過度操勞。

男主角則設法整頓混亂的場面，指揮班上眾人，總算能繼續準備校慶。

可是另一方面，他聲稱「為了要讓校慶成功」，就沒有把英梨梨住的醫院告訴包含巡璃在內

的所有人（到這裡為止是「英梨梨10」的劇情）。

校慶成功，同學們歡欣鼓舞。
在後夜祭上，巡璃和男主角在營火旁邊彼此相望。
男主角笑談校慶成功，可是，巡璃卻用哀傷的表情回應。
她問他，為什麼沒找自己商量英梨梨（暫定）的事情。
她問他，為什麼要獨自扛起責任，不向她尋求協助。
面對巡璃的質疑，男主角說不出能安撫她的話。
巡璃靜靜地掉下眼淚，然後獨自從跳土風舞的圈子中離去。

『不提那些了，與其討論巡璃，我對男主角在這一幕的感情有許多問題想問。』
「咦~又要探討男主角？差不多可以針對女主角的心境做討論了吧？」
『……你在逃避對不對？你在逃避對吧，安藝……我是指男主角。』
「呃，我說過了……」
雖然我重複過好幾次，不過照理說，我是拜託加藤來監修女主角的舉止和言行才對。
實際開工以後，她從剛才都在追究男主角的舉止和言行……

『基本上，這算英梨梨的劇情事件吧。已經不算巡璃的劇情事件了嘛。』

「絕無您說的那回事喔！」

而且，她都在追究我不希望他人提及的事情……

『這樣哪裡算「巡璃13」呢？無論怎麼想，看起來都只像「英梨梨11」啊。』

「不不不，有這段醞釀才能促成男主角跟巡璃和好的感人劇情！這活脫脫就是巡璃的劇情事件！」

『可是，這裡有寫到喔。「或許，在我的心裡，對英梨梨有一股獨佔慾」……』

「咦……？」

『你看，第三百七十八行。男主角的自白那裡。』

我照著指證，用發抖的手捲動純文字檔案……

「啊……」

然後，確實就發現那段敘述了。

我居然……寫出這種多餘的內容。

『有嗎？你對她有獨佔慾……？』

呃～……這到底在討論什麼來著？

我們是從劇情來解讀男主角的心境……沒錯吧？

除此以外，並沒有任何其他的深意吧？

「我認為有喔……」

既然如此，以我……不對，以男主角的感情來說，答案是這樣的……

『…………』

「不、不過，那份感情是以青梅竹馬的立場，還是比那更深，在這個時間點，男主角還不清楚……」

『…………』

在我像這樣對重要問題做出回應的瞬間沉默片刻真的很恐怖，不要那樣啦……

「然後，那就會成為巡璃劇情線和英梨梨劇情線的重要分歧點之一……」

『……我覺得，那也是個大問題耶。』

「如果妳要那樣講，有多位女主角的美少女遊戲就無法存續了耶！」

還有，不要每次沉默片刻以後都無一例外地講出震撼發言啦……

『為什麼那麼重大的選擇，會擺在跟女主角的個別劇情線這麼接近的地方？』

「呃，正是因為做了重大的選擇，才會進入女主角的個別劇情線啊……」

『可是，這樣子就表示兩邊倒的男主角，隨時可以選任何一邊對不對？那會不會太便宜男主角了？』

「妳要提這個？妳要在美少女遊戲裡提這個嗎！」

『畢竟在這段劇情發生前，她本身也十分有可能被選上吧？可是男主角卻忽然跟其他女生交往，那樣以她的心情來說又如何呢？』

在女主角普遍好追又好哄的這年頭，我還以為對此有疑問的人已經絕種了……

倒不如說，找女生對美少女遊戲出意見果然錯了嗎……？

「呃，可是男主角不斷煩惱於此只會讓人很煩吧……？」

『這是人與人之間的事喔，推展劇情光讓某一邊方便行嗎？』

「不是啦，美少女遊戲玩家就是以討厭想那些才跑來玩遊戲的人居多啊……」

『就算是那樣，對這些環節妥協的話就生不出好故事喔。男主角非得迷惘再迷惘，以為花了三年總算做出了斷之後，又在兩年後回歸原狀，最後還煩惱到心靈崩潰才可以。』

「不要那樣對待玩家，會胃痛到出人命啦！」

※　※　※

劇情事件編號：巡璃15

種類：個別劇情事件（巡璃個別路線開始）

條件：在最後一次挑選女主角時選擇巡璃就會發生
概要：巡璃把男主角放在心上了

『…………早上了呢。』
「…………早上了耶。」
晨曦不知不覺地從窗戶照進來，金黃而耀眼。
看向時鐘，不知不覺中已經早上七點多，即將進入大家觀賞週日晨間節目的時段。
儘管我們就這樣一連對戲長達六小時，結果，劇情仍毫無進展。
「那、那麼……開始來編『巡璃15』的劇情嘍～」
『啊～你在最後的女主角分歧點，果決地選了巡璃呢。只要想法稍微變卦，或許就會選其他女主角呢～』
……但是，我連慘兮兮地從「巡璃01」到「巡璃14」挑出來的毛病都還沒改好，結果也等同於沒有解決加藤懷有的問題。
「……那麼，之前的部分要怎麼改比較好？」
『唔嗯～唔嗯～……我不知道。』
「那樣的話，結果什麼也沒有變嘛……」

『完完全全是在浪費時間呢～』

「導致事態變成這樣的當事人別自己這麼說啦……」

何況她挑完毛病，當下卻跟弱小的在野黨一樣提不出對策方案。

我果真找錯人選了嗎？

難道要對戲，還是應該找有劇本寫作經驗的人商量嗎？

不過俗話說得好：「第一女主角的事就要問第一女主角。」……沒這種說法啦。

「加藤……不然我問妳好了，妳能接受怎麼樣的男主角……？」

因為如此，結果我就把對她要求的門檻調低一層。

既然她無論如何都會介意男主角的言行舉止，那就請她具體陳述「言行舉止不會讓人介意的男主角」是什麼模樣。

『唔嗯～……我要求得不多啦。』

「不好意思，那之前被妳嫌得慘兮兮的那些是怎樣？」

『畢竟我本來對男生的理想就偏低啊。倒不如說，我幾乎沒有什麼理想。』

「妳非要那樣說？妳非要自己講出來？」

也對啦，從她跟身為噁心阿宅的我認識之後，沒兩下便答應加入社團這一點來看，隱隱約約就能發現……應該說，明顯可以發現她有這種特質。

即使如此，先不管角色性有多薄弱，考慮到姿色的水準之高，我覺得她也可以對理想中的男生多少有看法。

『啊，不過，我只要求一點點就好了，假如他肯哄我開心，講些讓我心動的話，還肯表示珍惜我的心意，我想那樣就行了吧。』

「偶爾表示一下……就可以了嗎？」

『你想嘛，要是一直掛在嘴上，反而假假的不是嗎？』

「嗯，也、也對啦……」

『所以說嘍，平時對我壓抑壓抑再壓抑……偶爾才捧我一下，感覺就剛剛好了。』

「妳那樣不就……呃，沒事。」

總覺得「相互依存」這個詞非常非常強烈地從我的腦子冒了出來，可是那樣定義會讓男主角變成家暴型丈夫，因此我堅決不予理會。

『對吧～真是個不浪漫的第一女主角吧～』

「拜託，妳非要自己那樣說嗎……」

儘管我對加藤那種缺乏夢想，缺乏浪漫，卻又稱不上實際，還一點都不理想的理想感到有些傻眼。

然而，從她所訴說的角色形象中，我感受到一絲絲矛盾。

「不過那樣的話……」

『……是的，對不起，我在說謊。其實，我並不討厭這個男主角。』

沒錯，我筆下的男主角，果然非常接近加藤心目中「沒什麼大不了的理想」才對。

撇開出海精心繪製的外型不講，他的內在並沒有多帥，對女主角也不會過度抬舉。

他幾乎不說肉麻台詞，更不會秀出帥過頭的舉動。

東拉西扯到最後，總是會鬧出小烏龍，接著兩個人笑一笑為劇情收尾。

只不過……

『只不過，他就是差了那麼一點點啊。

他少了壓抑壓抑再壓抑以後，偶爾開口捧女生的一句話……』

「妳說的那些好難懂……」

像那種細微的差異，男人怎……不對，我怎麼可能懂，感覺有點頭痛。

畢竟，那大概是屬於女生的細膩心思。

既然稱之為細膩心思，就會既微妙又纖細，而且難以理解。

就算看過、聽過、聞過、摸過、舔過還是不太能理解。

唯有沉澱心靈才體會得到。

而且，即使好不容易體會到，也難以分辨那是否正確。

所以若是想確認，就得鼓起勇氣，用言語來對答案……

『嗳……你試著說些什麼嘛。』

「說些什麼……是、是要說什麼？」

『你所想到的，在「巡璃15」會用的台詞。』

可是，她……

『不需要特別的表白。

只要有一點點喜歡的契機就夠了。

我想聽的，是不經意的話語。

會讓人疑惑……咦，原來妳那樣就喜歡上他了喔？

我想聽的，就是那樣的話語。』

「那樣子……反而更難啦……」

她卻偏偏要向我……不對，向男主角索求如此費思量的解答。

『會嗎……有時候，你不是就會不經意地說出來嗎？』

「假如我有說過，妳就告訴我啦……」

『那可不行……要出其不意才會有效果啊。』

「加藤……」

『哎喲，不對啦。』

「……惠。」

『啊，虧你聽得懂剛才的意思呢……倫也。』

「……還是太難了啦。」

『呵呵。』

惠所說的話裡，微妙地夾雜著呼氣的聲音。

簡直像呼在我的臉頰及耳邊一樣，可以感受到熱度。

「惠，我跟妳說。」

『嗯～？』

「我好想，看妳的臉。」

所以……我開始好奇，她現在在通話口另一頭是什麼樣的表情。

我猜她肯定……不，她絕對是一副想睡的樣子。

說不定，還帶著些許笑容。

或者，也有可能是極其無聊的模樣……

『……不可以喔。那樣就不識趣了。』

對於我那種露骨的欲求……

惠果然還是花心思，委婉地予以拒絕。

「可是我想看。」

『說過不可以了……假如不是洗完澡，小睡片刻，好好打理過的臉，就不能讓你看。』

「惠，我想看妳現在最真的模樣。」

『那樣的男主角很不識相喔。開始從我的理想偏掉了喔。』

「誰管那麼多。惠，我現在就是想看妳的臉。」

『倫也……』

我才不管惠追求的是什麼。

目前，我只忠於內心湧上的慾望。

壓抑壓抑再壓抑……

如此一來，之後肯定會稍微昂揚。

『……怎麼這樣呢。』

伴隨惠那句帶有認命語氣的話，我啟動Skype。

我從名單中選擇「加藤惠」，點下通話鍵。

於是，手機通話口立刻響起Skype的呼叫聲。

『噯……我還沒有答應開視訊喔。』

「可是，妳說了『怎麼這樣呢』。」

『那又怎麼樣呢？』

「那就表示妳ＯＫ，對吧？」

『……哎喲。』

坦白講，她那句「哎喲」也非常萌……

不過，我的注意力很快就被其他東西吸引過去了。

……被顯示在我電腦螢幕上面的，惠的表情所吸引。

正如剛才在手機中提到的那樣，惠俯臥在地板上，托著腮幫子看我。

因為手機已經掛斷了，其實她要回書桌前或床鋪上都可以，可是不知道為什麼，她依然維持那個模樣。

「……早知道，從一開始就這樣跟妳討論了。」

『咦～為什麼？看著臉講話其實滿……』
「可是，又不用花通話費，這樣比較好嘛。」
儘管我跟模樣如此慵懶的惠，慵懶地講著話……
但我的腦子裡，已經只能思考眼前這個女孩子的事了。
『……嗳，等一下，你不要這樣啦。』
「咦？怎樣？」
『誰教你……從剛才就連眼睛都不眨。』
於是，我的這般態度立刻遭到忽視，惠有些害羞地把臉從攝影機撇開。
「呃，無所謂吧，這又沒什麼。」
不過，我不容許她像那樣逃避。
……我一面在內心發誓，同時也盡可能避免用霸道的態度，一面拚命地抵抗她的抵抗。
『可是，我剛熬夜完。』
「不會啦，我也是啊。」
『我的臉不會怪怪的嗎？』
「不會。」
『而且，我眼睛腫起來了……』

Skip

「並沒有。」

『倫也……』

「並沒有啊。」

因為她的臉非常女孩子氣。

『為什麼會變成這樣呢……』

「還不是因為我們在對戲。」

『戲都被放到一邊了吧。』

那不是讓人難以分辨情緒的「加藤」。

然而，也不是這陣子兼具厚黑、可靠又令人放心的「惠」。

「沒問題……現在『巡璃15』的內容已經湧現在我的腦海裡了。」

『呃，你那麼說，該不會是要把這段過程……』

「對呀，期待我完成的劇情吧。」

『等一下，不要那樣啦～』

「喔，剛才的講話方式聽起來很睏，不錯耶……『等一下，不要那樣啦』……好了。」

『啊～你在用鍵盤打什麼？』

「沒有啦，別介意我這邊的狀況，妳講話嘛，要講什麼都可以。」

沒錯，那是可愛得讓人忍不住想在遊戲裡讓其亮相的「巡璃」。

『咦～這樣不行啦。這才不能拿來當劇情。』

「不，可以的，沒有問題。」

不知不覺中，我們倆的立場反過來了。

明明直到剛才，都是惠在逼我開口講話。

如今，像這樣開始看著臉講話以後就變成我在耍任性了。

『畢竟這樣一點都不戲劇性啊。』

「那又怎麼樣。」

不對，現在的我大概並不是我。

而是男主角。

『再說，這麼隨便的對話內容不會讓巡璃把男主角放在心上喔。』

「真的？真的不會放在心上？」

『嗯～對呀。我說不會就是不會。』

「可是，我比較偏好會因為這種芝麻小事就喜歡上男主角的巡璃。」

『唔……哎喲。』

有一點點高興的小事、感到心動的小事、珍惜對方的心意。

她會把那些沒什麼大不了的對話內容，逐漸累積在心裡，而我身為男主角，最喜歡的就是那樣的她。

『倫也，總覺得你剛才好像講了不太能隨便帶過的話耶。』

「有嗎？我覺得自己是在隨口亂講就是了。」

『不，很丟人耶。你沖昏頭了啦，這不能隨便帶過喔。』

「有什麼關係，反正妳對男生的理想偏低吧？既然這樣，就算男主角不合妳的喜好也無所謂嘛。」

『啊～你的理論已經走樣了啦，倫也……』

「哎呀，囉嗦！我已經決定了，我現在要來寫『巡璃15』！我要寫出一大堆讓妳捧著頭翻來覆去，滿滿都是羞死人的誤會，而且又蠢又不識趣的甜蜜情節！」

『……你是認真的嗎，倫也？』

「沒錯，妳賜給了我精采的點子，簡直是女神！」

『喔～好好好，你還是講那種非現實的讚美詞比較順耳。』

「妳管我，反正我就是要寫！」

『好好好，已經無所謂了，我不會管你。』

結果，由於情緒太高亢的關係，最後我又讓惠變回了平時的本色，犯下這種失誤還滿符合我的個人風格就是了。

即使如此，我的創作欲望終於找回來了，已經停不下來了。

「所以說嘍，謝謝妳陪我這麼久，惠。」

『誰理你。我沒有理由要被你感謝。』

「那就晚安啦……我要關掉視訊了喔。」

然後惠……

『不要，你還是繼續開著。』

「……為什麼？」

照理說，惠應該要開始數落如此丟人的我……

『在你真的撐到極限睡著以前……我都會看著。』

「看什麼？」

『看你寫劇本，我會一直看著你。』

「為什麼啊！」

在最後，她又試著對我小小發動了一次反擊。

※　※　※

然後，到了上午九點。

「…………」

『…………』

「妳睡了嗎？」

『有聲音回答的時候，就表示沒有睡啊。』

「是、是喔……」

再然後，到了上午十一點。

「…………」

『…………』

「這次妳總該睡了吧，對吧！」

『……啊，抱歉，我有點睡著了。』

「抱歉，把妳吵醒了……」

第八章 退一步來看會覺得這章噁心到不行耶

就這樣，到了星期一早上。

「早、早安，惠……」

從車站前往學校的路上，在我發現那道並不算有特色的鮑伯短髮背影後，就帶著些許緊張的情緒，想跟對方一同慶祝相隔二十一小時的密會……

「…………」

「噯，妳那是什麼厭惡的表情～！」

我卻莫名其妙地碰上了擺著十足苦瓜臉回頭的惠。

「哎呀，哎呀，哎呀？惠，我覺得……好奇怪～？」

「好了啦，我們用正常方式講話，保持正常。」

「呃，可是……難道說，昨天是我在作夢？」

「沒有那回事啦。」

順帶一提，她的言行也和表情一樣完全不近情面，為了躲避比平時稍微亢奮點（意思就是以

一般而言程度相當可觀）的我，她匆匆地快步走在上學路上。

「惠，我想跟妳確認一下，我們是不是曾經從星期六晚上一直講電話，中途又換成Skype，還開視訊到星期日中午……」

「對～我們雙方的記憶應該相同，所以你別在這個時候詳細說明當時講過的內容好嗎？」

「咦，那我們的情緒怎麼會落差這麼大？」

「所以說嘍，你想嘛，即使記憶相同，也會有不一樣的解讀方式。」

「唔哇～什麼意思！妳對昨天的事情有那麼厭惡嗎！」

換句話說，惠如此不高興的理由，看來跟我今天早上開心無比的理由完全一樣……

噯，這是什麼致命的相互不理解？

男女雙方在昨天互相確認過（男女主角）愛意的態度是這樣的嗎……？

不對，或許在男女間發生過特殊劇情事件後常常會這樣，請大家小心不要鬧笑話喔，雖然我已經太遲了。

「啊～呃，倫也，我告訴你。以前有個女人講過這樣的話。」

「……妳所謂『以前的女人』，是指過去的知名人物還是舊情難卻的前女友？」

「她說……『我厭惡的是對此不太厭惡的自己。』」

「那不就是後者嗎～！」

「嗯～簡單來講，就是那麼回事。」

「咦？咦？」

當我正想慨歎自己最大的弱點，也就是對男女關係的洞察力不足時……

「跟你培養出像那樣的氣氛，我就已經輸了，徹底敗北，應該說輸慘了……」

「咦？啊…………………啊～！」

惠用了一點謎語，簡單易懂地把自己的想法傳達給我。

「所、所以妳是這個意思吧？妳記得昨天的事情，也沒有多厭惡，可是不小心跟我培養出那種氣氛就覺得很難為情……」

「所以我剛才不是拜託過你別一五一十地詳細解釋了嗎……！」

「……對不起。」

不，我好像還沒有完全理解。

「好啦，所以我先走嘍。還有，你在學校也不要太常找我講話喔。被朋友傳開就那個了。」

結果，惠到最後都沒有改掉那種冷處理的態度，就匆匆地丟下我準備往學校走。

「呃，不會有那種問題吧。以前我們獨處時，也沒有人介意。」

「總不能那樣啊……」

「咦～為什麼……？」

「因為我不太想讓她看見……我們現在這樣。」

「啊……是喔。」

惠口中的她，是指誰？

「因為我覺得很難找藉口……」

「嗯～或許是吧。」

所以是指誰？

「嗯，就這樣嘍，之後再談吧。」

「好啊，之後再說。」

誰啦！

唉，儘管留下了那麼一絲絲的謎團……

惠「時間過去了，所以嘍。」

惠「放學後，約在平時那間咖啡廳，四點鐘可以嗎？」

「……好。」倫也

我收到那段訊息，是在跟惠分開三十秒之後的事……

※　※　※

是的，因為如此，照往例跳過校園戲來到當天的傍晚。

像之前約好的一樣，在木屋風格的咖啡廳。

「話說回來，半年後就要考大學了，我們在做什麼啊？」

「別一下子讓我想起現實啦！」

……有兩個以高升學率為豪的私立豐之崎學園學生在這裡碰頭，聊起了前途黯淡的畢業後去路。

「不過說真的，你打算怎麼辦呢？落榜？考專門學校？當飛特族？先跟你講清楚，高中畢業以後，我或許就沒辦法陪你了喔。」

「認真拜託妳，別談這個話題了啦……」

我強忍差點因為太黯淡而冒出的眼淚，然後制止切換自如地變回淡定調調的惠繼續說下去。

如果她能將表情及言行朝令人心動的方向多做變化，明明會更萌的說，這個第一女主角未免切換得太自由奔放了吧。

「所以，這就是你昨天寫好的劇情事件……？」

「對，讓人等候已久的『巡璃15』！」

好了，把那些不方便直說的考察收進心裡，我從書包裡拿出幾張列印紙，擺到桌子前面。

那一張張的紙上，蘊藏著我昨天的血汗及飛快運指的結晶。

「那麼……我要讀了喔。」

「行！麻煩妳像昨天那樣挑問題！」

惠聽完我如此充滿自信的要求之後，就像今早一樣厭惡似的蹙眉，不過她還是深深地吸了一口氣，然後專心細讀。

細讀我花了整整一週構想琢磨，再用十個小時寫出來的30ＫＢ。

「…………」

「…………」

然而，她保持那種嚴肅淡定風的態度，頂多也只有起初的一分鐘。

「……唔。」

「…………」

「～唔！」

「…………」

不久之後，那張既認真又淡定的臉上逐漸有微妙的變化出現。

「噯，倫也。」

「怎樣？」

「別一直看我讀劇本時的表情啦。」

「我明白了。那我轉向旁邊，妳別介意繼續讀。」

「……唔唔。」

表情越來越顯得厭惡，臉頰微妙地泛紅，額頭上則冒出薄薄一層冷汗。

她心神不寧似的撥弄頭髮，還頻頻瞄向我這裡，淺淺地反覆吸氣吐氣。

「……看完了。」

「怎麼樣？」

「………………唔，殺了我吧——差不多這種感覺。」

「好耶～～！」

而且，露出那種害羞透頂的姿態以後，她羞恥地說出了淪陷的落敗宣言。

「我不行了……這份劇本，我再也不想讀第二遍。」

「不滿意的話我會改，麻煩妳具體指出有哪裡不好！」

「……沒有喔。」

「咦～？什麼～？我聽不見～」

「內容夠害羞，而且無可挑剔到讓人想尋短的地步～」

「好耶～～～～！」

「哎喲，你好吵。」

東忙西忙過後，我終於破解惠的變化多端，成功地導出她的萌點了。

用我個人史上最棒的賣萌情節。

那份劇本要是讓所謂的「劇情廚」來讀，或許是會讓他們猛皺眉頭的類型。

極端缺乏鋪敘，只有男主角和巡璃不停用短句對話。

何況，幾乎沒什麼內容可言。

光是全力傾注於描寫他們倆懶散而甜蜜的氣氛。

除此之外，滿不在乎的認分筆觸充斥於其中。

……還有，看起來之所以會跟昨天我和惠的對話有點像，純屬錯覺。

「我有種被逼著當了裸體模特兒的感覺……」

「唔哇，妳講得好露骨。」

呃，就說是錯覺了啦。

「你好過分……居然寫出這麼針對我的丟臉情節。」

「我並不覺得自己有改過以往那一套耶。」

何止如此，在刻劃方面，我寫得比之前的女主角含蓄多了。

畢竟，我沒有讓角色脫衣服。

也沒有寫到吻戲。

連手都沒有握。

不，實際上，甚至連告白都沒有。

真的就只是讓雙方漫不經心地講話罷了。

……只不過，從中顯然可以看出，雙方都深深地喜歡著彼此這一點。

「倫也，感覺你看起來忽然變得像男生了……」

「不對吧，我本來就是男的啊！」

明明我寫的是這種極度柏拉圖的劇情，可是看在惠的眼裡，似乎每一段敘述都頗具性暗示。

……呃，雖然某方面來說完全符合我的意圖啦。

「啊～好熱。不好意思，請幫我加冰開水。」

惠忙著撥頭髮，還用手帕擦汗。

我想幫那樣的她添涼，就用列印紙朝她的臉搧風……手上做做樣子，眼睛則盯著她那張漲著潮紅的臉。

惠狀似舒服地享受我搧的風，然後微微地吐氣並閉上眼睛……

該怎麼說好呢？明明就清清白白，從某方面來看卻讓人覺得——

「那……接下來的『巡璃16』，你要寫什麼內容……？」

後來，等惠冷靜一些的時候，我們就開始準備回家。

到這個階段，惠才把之前不可思議地都沒有談過的重要問題，戰戰兢兢地朝我拋了過來。

「這個嘛……換成妳會希望接下來有什麼劇情？」

「唔嗯～……既然男主角和巡璃總算在上一段故事中變成情侶了，照規矩還是要讓他們面臨考驗吧？」

「考驗是嗎……例如像什麼樣的？」

「比方說，女主角失憶忘了之前所有的事情，或者男主角穿梭時空將他們變成情侶的過去加以改變，或者之前的劇情其實都是劇本寫手作的夢。」

「……妳好像無論如何就是想把『巡璃15』抹消掉。」

惠居然裝成積極在討論劇情，賣力地提倡趁早收兵。

看來那段柏拉圖式的劇情似乎對她造成了相當程度的陰影。

但是……

「太遺憾了，惠！其實在我心裡，已經對『巡璃16』的構想拿定主意了！」

「那表示……」

「對，放心吧！那種急轉直下的劇情暫時先擺到旁邊，我要更進一步地描寫讓他們全力耍甜蜜的戲碼！」

「咦～」

我用力打碎惠那般絕望性的期盼。

沒錯，「巡璃15」根本還太含蓄了。

沒有讓角色脫衣服。

也沒有寫到吻戲。

連手都沒有握。

甚至連告白都沒有。

因為那些戲碼，要在接下來的劇情才會寫到……

「所以嘍，今天晚上也要用Skype對戲！妳回家以後要先小睡一會兒，準備接我在半夜的聯絡！」

「……又是以忙到天亮為前提？明天也要上學耶。」

「惠，拜託妳！這是為了製作屬於我們的最強美少女遊戲……」

「好～我懂了我懂了。熬夜本身不要緊，可是這很折磨人耶……」

像這樣，儘管惠打從心裡嘀嘀咕咕地吐露不平……

她終究還是無意拒絕我的命令……不對，我的請求。

※　※　※

劇情事件編號：巡璃16

種類：個別劇情事件

條件：巡璃15過後就會發生

概要：巡璃和男主角在放學後耍甜蜜

星期二，放學後的傍晚。

「……嗯，沒什麼大不了的嘛。」

「……是啊，沒什麼大不了呢。」

最靠近學校的車站，莫名其妙地只隔了兩站的月台長椅。

在平常只會搭電車經過的那個地方，有我和惠的身影。

……呃，先賠個不是，對期待昨晚的對戲過程會怎麼描寫的各位十分抱歉。

不過，描寫現在這個場面絕對比較要緊，還請各位諒解。

之所以會這麼強調，是因為……

「再怎麼說，差不多也該寫到他們牽手的戲碼了呢。」

「就算那樣也未必要親身實踐吧，不是嗎？」

「妳真是不死心耶，惠。」

「唔唔……」

因為我們接下來，就要開始為「巡璃16」會描寫到的場面進行「對戲」了。

沒錯，結果在昨晚的Skype會議中，劇本連一行進度都沒有。

之所以如此，是因為第二階段的甜蜜劇情「牽手約會」比之前的情境更進一步，而我們對於

細節的描寫沒辦法統一意見的關係。

實踐那項行動時，對方的手有多柔軟、多溫暖、濕度如何、用了多少力氣、細微的顫抖，還有表情的害羞程度，言行冷場到什麼地步。

……靠角色站姿圖無法完整表達，得靠對話或敘述來補充的這些資訊，光在Skype上溝通是無法釐清的。

「基本上，關於這方面，我們不是在半年前（第八集第八章）就完事了嗎？」

「就說那次是取材啦。」

「對喔，這次也是取材。畢竟這是為了製作屬於我們的最強美少女遊……」

「感覺那句號召詞已經變成你想怎麼耍賴都可以的免死金牌了。」

「那麼，意思是妳這次不想做嘍？」

「……我討厭你那樣問。」

「換句話說，意思是可以嘍？」

「我也討厭聽你確認。」

「要、要不然……我就來硬的了……」

有女孩子答應和我在長椅上相鄰而坐，還故意把手擱在能立刻牽到的位置，而我就像自己宣言的一樣，硬是輕輕地摸了她的手……

「……唔哇。」

「別發出那麼排斥的聲音啦！我有把手洗乾淨啦！」

可是，她微妙的反應讓我忍不住把自己的手縮回來。

「沒有啦，那我曉得～」

反觀對我做出那種微妙反應的惠，始終都沒有把擱在我旁邊的手縮回去，只是呆呆地望著我挪開的手。

……既然她那麼氣定神閒，我倒希望她別發出那種會讓男人退縮的聲音。

「可是，你剛才的臉感覺超緊繃耶～」

「不要看我！求妳別看我的臉！」

……還有，希望她也別說會讓男人興致消退成這樣的話。

「該怎麼說呢，那跟之前我在Skype看你寫劇本時的臉一模一樣，會讓人覺得：『啊，倫也嗨起來了耶～』」

「另外也不要解說！而且妳自己要看我寫劇本，居然那麼說？」

不知不覺中……應該說，像往常一樣，雙方的優劣勢沒兩下就逆轉了，我一面品嘗挫敗感，一面屈辱地……應該說羞恥地捂著臉。

「來，倫也，鎮定下來。」

「是妳不肯讓我鎮定吧。」

「好吧，就那麼回事嘍。這種情況下，我也沒辦法多淡定啊。」

「就算那樣，妳也不要逼我嘛。」

「是你說要牽手的耶。」

「就跟妳說了～這只是～為了屬於我們的～」

「是是是，要製作最強的美少女遊戲對不對？我知道啦。」

「妳真的懂嗎？」

「懂啦，都說我懂了。」

真的？妳真的懂嗎？

妳都已經像這樣在不知不覺（從十行以前）中，用自己的手牢牢地纏住我的手了……

「不過呢。」

「怎樣？」

「像這樣在車站的長椅上牽手，你會不會覺得很像只是一對普通情侶？」

「怎樣啦？妳還想要更特別的嗎？」

「唔哇……」

「都叫妳別做那種反應了……我是指遊戲劇情啦。」

像那樣，毫無止盡地。

儘管話題和主導權都跳來跳去。

多虧這裡是「和學校附近隔了兩站的車站」……我們沒被任何人看見，在那裡坐了大約一小時之久。

「不過，假如是第一女主角和男主角，或許進展可以再多一點。」

「要說的話，例如？」

「呃～這個嘛，比方說……………十指緊扣之類的？」

「……那妳要嗎？」

「都叫你別總是問我了嘛。」

「不過，那樣不是滿要命的嗎？」

「可是你都跟別人有更親密的接觸了～」

「……現在非得提那個？」

「你還有接吻經驗呢～」

「我上個月不是已經獲釋了嗎！」

過了一小時，即使夕陽就快要下山。

即使如此，我們還是不嫌膩，一直反覆講著沒內容的對話。

結果，我們在不知不覺中（從八行以前）牢牢地十指交纏。

從旁人看來，應該只是普通的情侶吧……

※　※　※

劇情事件編號：巡璃19
種類：個別劇情事件
條件：巡璃18過後就會發生
概要：巡璃和男主角第一次……

然後，星期三深夜。

「所、所、所所所所所……」

『…………』

「所以嘍，終於，終終終於……要接、接、接吻……」

『你是在鬧吧，你在跟我鬧對不對，倫也？』

「沒有！我只是太難為情，反應才變得怪怪的！」

『啊～很吵耶，會打擾到鄰居。』

隔著Skype，我看見惠的表情與態度從我們牽手約會時……不對，從我們替牽手約會的劇情對戲時搖身一變，又回歸淡定了。

結果會弄成這樣，理由應該在於我亂嗨的態度，還有每每提升的劇情事件寫作門檻（甜蜜度）吧。

『再說，不用每次都讓我看那種難為情的劇情啦。你自己寫完自己覺得滿意就好了。』

「不，即使從今天以前的成果來看，很明顯可以篤定讓妳看過比較能寫出好東西！」

『可是如果要寫吻戲，有經驗的你絕對比較熟吧？』

「妳要提（妳……妳剛才）那個嗎？妳非要提（隨口透露出自己沒有經驗？）那個嗎！」

……所以嘍，今天拿來對戲的「巡璃19」，會描寫到男主角和巡璃初次接吻的吻戲。

原本淡定的巡璃終於把男主角完全當成男朋友，這是個非常非常重大的轉捩點，同時也是非得完全抓住玩家的心才行的超重要劇情事件。

因此，當中的種種要素……直接表達出兩人心意的描述、萌到足以讓大腦溶化的情境、讓人忍不住想聲援兩人戀情的溫馨互動……這些全都必須用高水準技巧融合在一起才行。

『可是，對戲的這道工程開始令我吃不消了耶。』

「第一女主角怎麼能說那種話！」

儘管我們討論的是如此重要的事情，隨著次數累積，惠的反應卻變得越來越消極。

……雖然只有一開始啦。

『倒不如說，最近我心裡開始懷疑「你只是想看我的反應找樂子」而已耶。』

「我不懂妳在說什麼喔！」

『坦白講，就算不用我建議，感覺你最近寫的劇情也再好不過了啊。』

「是、是喔……」

『嗯，對女生來說羞恥到幾乎讀不下去，所以對御宅族男生來說應該相當討好。』

「……雖然妳的說法讓人心裡卡卡的，我就當成讚美詞欣然接受吧。所以，麻煩妳打開剛才傳過去的『巡璃19』檔案。內容根本未經錘鍊，但我試著把接吻前的對話寫出來了。」

『……結果，無論我怎麼抵抗，還是沒有選擇權呢。』

「好啦好啦，動嘴不如動手～」

『你最近得意起來了耶，倫也。』

嗯，不管被說成怎樣，這都是為了屬於我們的最強（以下省略），因此我不能為這點小事受挫。

【主角】「噯……巡璃。」

【巡璃】「等一下……不要在我閉眼睛以後才講話啦。」

【主角】「呃，可是……真的可以嗎？」

【巡璃】「什麼可以嗎？」

【主角】「妳覺得可以嗎？對象是我，真的可以嗎？」

【巡璃】「呼……」

於是，來到這個關頭，我問出懦弱的問題。

巡璃面帶苦笑地發出嘆息，然而，她沒有睜開眼睛，依舊準備就緒並給我答覆。

【巡璃】「跟你說喔，剛才，我想到了奇怪的情境。」

【主角】「奇怪的情境是指……？」

【巡璃】「就是我年紀大了以後，已經變成老婆婆，還快要喪命的情境……」

【主角】「……那確實是怪怪的。」

【巡璃】「到時候，以往的人生肯定會像跑馬燈一樣閃過腦海中……」

【巡璃】「要是我想到：對了，這麼說來，自己初吻的對象是你呢……」

【巡璃】「那樣的話，我覺得好像可以帶著笑容離開人間了……」

【主角】「巡璃……」

【巡璃】「我會想到……自己很喜歡你。」

【主角】「唔……」

「嗚…嗚嗚嗚……」

『…………』

「唔～～！好催淚！萌歸萌，可是好催淚！惠，妳不覺得這是無與倫比的極致情境嗎？妳不這麼認為嗎！」

『……先撇開寫得好不好，我可以保證台詞肉麻得嚇死人。』

「謝謝妳最棒的讚美！我有試著嚴格挑選過自己在現實中聽到女生講，就會覺得死而無憾的台詞！」

『啊～是是是。』

惠被自賣自誇的我嚇壞了，還真的跟攝影機拉開距離，戒慎恐懼地從房間底部窺探我這邊。

「所以麻煩妳監修這段文章！惠小姐！」

『……都叫你別那麼大聲嚷嚷了，我說過會打擾到鄰居吧。』

「既然這樣，妳靠過來一點啊。回到鏡頭前面～！」

『唉～真是夠了。』

惠說完以後，就一面嫌棄我熱血又煩人的呼喚，一面不甘不願地回到電腦前面，還秀出非常不爽的臉部特寫瞪我。

但即使如此，她還是匆匆望向電腦畫面，我想，她大概是認真地在讀我寫的「巡璃19」劇情文件檔，開始在挑瑕疵……呃，開始為劇情進行監修。

『這個嘛……先不管你排放出來的妄想依舊羞恥得讓人無法直視……』

「妳非要每講一句就捅我一刀才痛快嗎？」

『話說，這個擔任女主角的女生未免太有覺悟了吧？』

「覺悟是指？」

『怎麼說呢？你想嘛，就算彼此在交往，正常來講不是應該對將來抱持更多疑問嗎？會想選這個男生真的可以嗎？』

「抱歉，美少女遊戲的女主角需要那種心思嗎？」

『就算那樣好了，他們已經把永遠在一起當成前提了，應該說，根本就沒有考慮到會有分手的情況……這樣子已經像是夫妻了。』

說起來，惠那些意見算是負面的指正……

「夫妻檔情侶……好主意！」

『咦，是那樣嗎？』

可是，我卻像接收到完全相反的啟示而受到了衝擊。

「以永遠在一起為前提，根本沒考慮過分手……那不就表示，他們站在已經決定要共度將來的夫妻觀點嗎！」

『但是即使一開始那麼想，現實的夫妻也會一下子就離婚啦。』

「沒錯，就是夫妻……好，演技的方案決定了！惠！」

『啊，我討厭這樣喔。』

我憑著氣魄撐過惠像這樣接連潑來的冷水，然後使勁告訴螢幕前的第一女主角。

「請妳試著把這句台詞……講得更像『妻子』！」

『你在胡鬧……倫也，你絕對是在跟我胡鬧……』

隔著網路攝影機也能看出來，惠正用混濁得像死魚一樣的眼神恨恨地望著我。

可是，我才不會這樣就受挫。即使講不通也能靠熱情戰勝一切的厚臉皮。讓女主角吸引人，建構宏圖巨萌，我們是遊戲製作社團「blessing software」！

「我想想喔，妳從『我年紀大了以後』開始演就好。」

……先不管以上那些，我只顧自己方便地忽略惠發自靈魂的慟哭，並用信徒崇拜女神的眼神凝視她。

『倫也……感覺上，你最近對我是不是亂色的？』

「沒辦法啊……寫劇本的時候，我難免會被男主角的想法牽著鼻子走。」

是的，畢竟這陣子的巡璃劇情線全在描寫男主角用「我就是猴子！剛學會求偶的猴子！」的德行逼近巡璃。

既然如此，我身為寫手，越是想鮮明地描繪出當時的台詞與心境，自然越會對女主角巡璃抱持那樣的心意。

所以我本身絕對沒有在實踐紅坂朱音所說的「自慰到爽」……應該沒有。

『像妻子……像妻子是嗎……』

於是，在我煩惱接下來要找什麼牽強的藉口時，惠似乎已經「唉，拿你沒辦法」地接受要求了。她就嘀嘀咕咕地一面琢磨演技的方案，一面準備融入巡璃的角色。

事已至此，我就不再多嘴，而是把五感放到惠的一舉手一投足上面，雀躍地等待她接下來要說的話。

『呃，就是我年紀大了以後，已經變成老婆婆，還快要喪命的情境……』

隨後從惠的口中，巡璃盈現而出。

『到時候，以往的人生肯定會像跑馬燈一樣閃過腦海中……』

「……唔。」

『要是我想到……對了，這麼說來，自己初吻的對象是個有夠宅的男生呢～

……那樣的話，我大概死也不能瞑目吧～』

「卡～～～～～～！NG～～～～！」

……期待到最後，從她嘴裡盈現而出的不是巡璃，而是厚黑惠。

『呃～我試著即興演出剛想到的內容，有那麼糟糕嗎？』

「不、不行！淡定的演技和照本宣科的語氣都不行！全都不行！」

總之，我裝作沒發現惠對於台詞的解讀（初吻是跟御宅族男生！）方式，還嚴厲到幾近刻意地予以指導。

「要即興演出無妨，但是嚴禁加笑點！拜託妳將即興發揮的內容限定在會萌、會催淚、會讓人翻來覆去的面向！」

『哎喲～接吻時要說什麼，我不想讓當事者以外的人知道耶。』

「唔……用想像的就好，妳可以把自己實際要用的套路剔除掉！」

然而，不知道惠是有意還無意地開始用口吻微妙的話反擊，就像要進一步玩弄動搖的我。

這陣子，只要實際進入對戲的工作，她總是會變成這樣……

『不管怎麼說，要我演「妻子」還太難了啦……倫也。』

「那、那麼，把等級調低一點，差不多像……交往許久的男女朋友呢？」

『嗯，我明白了，是指那種程度的「喜歡」對不對？』

「對、對……」

於是，直到剛才都在拖時間的惠，這次很快就體會到我的用意，積極地融入我那令人羞恥的世界中。

她做了個深呼吸，閉上眼睛，緩緩地用舌頭潤濕嘴唇……

她居然貼著攝影機，換句話說就是當著我眼前，做出那一連串的動作。

『那麼，要來嘍。』

「好。」

『…………』

「…………」

『……再來呢？』

「再來？什麼意思？」

『男主角沒有對我講台詞啊……』

「咦……」

而且，她還進一步出招。

『畢竟這是在對話吧？這是雙方面的互動，對吧？』

「不，妳等一下……」

『要我演獨角戲的話，感情出不來耶……出不來喔，倫也。』

「說、說到底，妳有辦法懷著感情演戲嗎？」

『反正接下來要是沒有人陪我演對手戲，那我就不演了喔。』

之前用來吐槽「加藤」的詞，現在已經不管用了。

「可、可是，我又不是男主角，而是寫手啊。」

『……你只有在這種時候才會這麼說。』

「惠……」

懷有感情……懷著太多感情的「惠」不允許我那樣逃避。

『準備好了嗎？那麼……要開始嘍。』

因此，我讓突然來襲的悸動、冷汗與緊張沾了滿身。

同時，我也被拖進了這來得突然，又丟臉丟到家的角色扮演中。

「噯，我我我說……巡璃。」

『等一下啦……你太緊張了啦。』

「抱、抱歉。呃，可是，突然要我演男……」

『我是第一次耶……你弄得這麼僵，我會不知道該怎麼辦喔。』

「咦？啊……」

她那樣並不是在挑剔我笨拙的演技。

『不過，沒必要那麼緊張喔，我們彼此都一樣。』

「……為什麼？」

『因為……這不可能變成不好的回憶啊。』

「咦……？」

『就算牙齒撞在一起，就算笑出來，就算鬧到吵架……無論發生什麼，肯定都會成為美好的回憶啊。』

那是加藤惠徹底變成叶巡璃以後，發揮了渾身解數的即興演出。

「惠……啊，巡璃，對象是我……真的可以嗎？」

『咦～你還要問這個？我早就回答了耶。』

「抱、抱歉。」

然後，我跟不上她的演技與即興台詞，只想順著劇本把情境拉回來，反而自曝洋相。

對於不曉得會如何演變的對話內容、劇情的進展還有她的心意，動搖與心跳都猛烈得停不住。

『…………』

巡璃，不，惠停下言語及動作，隔著螢幕，默默地凝望我。

不過那大概不是在等我下指示，也不是哏用完了，更不是因為害羞……

「……巡璃。」

『嗯。』

她只是在等著我……不，只是在等著男主角回話。

意思就是：「我已經說出心意了喔。所以，接下來換你了。」

「讓我……更看清楚、妳的臉。」

『嗯。』

惠一舉貼近螢幕。

她的臉變得和平時在現實中看到的差不多大。

「巡璃……」

因此，為了回應她那樣的覺悟——雖然是針對演技上——我也一舉拉近和她之間的距離。

明明是在虛擬環境，卻近乎現實的那種距離感……

『好近……』

「呃，沒辦法啊，因為我們……」

『要接吻嘛。』

我們陶醉於彼此。

明明我的臉近在眼前，如此噁心的狀況，畫面上卻能看見惠的臉又紅又潤，從電腦喇叭還聽得到呼氣聲。

『那、那個……我們差不多，可以閉眼睛了嗎？』

「不要……我想一直看著妳。」

『那樣不禮貌……』

「那又怎樣。」

『哎喲……』

惠的臉就在眼前，我才不想放掉這麼寶貴的狀況，所以我拒絕用自己的眼皮封閉視野。

於是，惠似乎耐不住如此羞恥的大眼瞪小眼，就在那樣的距離下從螢幕前把臉撇開。

「妳轉過來嘛。」

『才不要。』

「這樣不就不能接吻了嗎？」

『反正照這樣也親不到啊……』

「問題不在那裡吧……」

然後，惠終於犯規了。

她把兩個人應該很靠近彼此的狀況捨棄掉。

『問題就在那裡啊……既然你什麼都不做，就不要盯著我看啦。』

「那可不行。惠，我想把妳現在的表情寫進劇本裡。」

所以，我也跟著更改之前的規定。

我把巡璃和男主角的角色分配捨棄掉。

『那你靠想像力寫不就好了？那樣比較能挑動讀者的想像吧？』

「不行。因為這是遊戲要用的劇本，並不是小說。」

『那又怎樣？』

「既然有圖像，單純地將寫實的表情敘述出來，應該比挑動想像力的複雜敘述更能打動玩家。」

『……光是你用的藉口，就已經變成複雜的小說性敘述了吧。』

「惠，別轉移話題了，來，轉過來這邊。」

『哎喲……倫也，最近你真的得意起來了喔。』

不，妳錯了喔，惠。

我並沒有得意，我只是無法罷手。

在對戲途中覺醒的妳。

變得能完美扮演第一女主角的妳。

……不，逐漸變成第一女主角的妳。

既漂亮又可愛，還萌到不行。

我只是變得無法轉開目光。我只是變得不想放手，僅此而已。

『…………』

「…………」

我們睜著眼睛，面對面，在極近距離下互望。

嘴唇看似伸手可及，然而悲哀的是，那不過是液晶上顯示的影像……

『嗳。』

「嗯？」

『為什麼你現在不在這裡呢……』

「咦……？」

緊接著，我的那般惋惜不知怎麼地從喇叭傳了出來。

『為什麼你不能待在我眼前呢……』

而且，那並不是我的聲音。

「惠，呃……剛、剛才妳……」

『～～唔！』

「啊。」

可是，我還來不及刺探那句話與態度的含意……

畫面就忽然劇烈搖晃，伴隨著「砰」的一聲，影像及音訊都斷訊了。

……因為她闔上筆電，把接著要說的話就此封藏了。

終章

星期四，深夜。

『轉？』

「是的，起承轉合的轉。轉變的轉。」

『喔～比如女主角意外喪命、生病過世、總之就是會死……』

「……妳無論如何都要殺了巡璃才甘心嗎？」

從昨天對戲後隔了一晚，語氣又回歸淡定調調的惠不是從電腦發聲，而是從沒開視訊的手機喇叭傳來。

「不過以形式來講就是那麼回事。所謂的先揚後抑。」

『啊～巡璃劇情線目前確實沒有那種進展呢。』

對於通訊方式改變，惠的說明是：「昨天過後，電腦就故障了。」

為保持雙方溝通，我決定不碰諸如「不對吧，那不叫故障，而是妳弄壞的……」或者「智慧型手機也可以開視訊通話喔。」之類的吐槽點。

「啊，先跟妳說清楚，之前的巡璃劇情線，我當然非常喜歡！畢竟巡璃有夠可愛的！」

『……啊～好好好。』

「但是，肯定不會有戲劇性……應該說緊張歸緊張，但不會讓人提心吊膽。」

編劇作業很順利。

……我的心臟承受了莫大的負擔這一點除外。

『不過玩這款遊戲的人要的是那樣嗎？與其讓男女主角錯過彼此，或者差點分手，他們應該更想看這對情侶……呃，那個……』

「的確，大概也會有玩家希望別弄讓人累積壓力的劇情，只想看到專心讓兩個人恩恩愛愛、打情罵俏、互相親熱的戲碼吧。」

『……那確實是我想說的意見啦，可是你就不能講得含蓄一點嗎？』

「巡璃15」之後的個別路線劇情，檔案數早就超過二位數，如今也以一天三個劇情事件的步調持續在增長。

為其打底的，就是我跟惠這套「對戲」的程序。

「要不然妳覺得呢？」

『我覺得……什麼？』

「接下來要加個會掀起風波的劇情事件比較好嗎？還是說，妳覺得應該一路描寫恩愛戲碼到最後？」

『唔、唔嗯～……』

我們每天都會模擬各式各樣的情境，互相提供台詞，分享彼此的想法。

「啊，把妳想到的直接告訴我就好。最後由我來定奪。」

『唔嗯～唔嗯～……』

「……都叫妳不用煩惱了嘛。」

所以事到如今，惠的心情我都可以理……不對，如果我要說自己全都能理解，還是會淪為謊話。

『這個嘛，我……』

「妳覺得？」

『……我想，我不需要所謂的「轉」吧。』

「這樣啊……」

即使如此，我分得出她是情緒稍有動搖、按捺不住，或者滿溢而出。

『倒不如說，之前的劇情都讓人羞恥到吃不消了，要是再發生風波……』

「不，羞恥的情境還會繼續下去喔！在我心裡還有十種左右的心跳劇情事件哏……！」

『哎喲……既然如此，這部作品乾脆在羞恥這方面衝到底好了。』

……因為，她幾乎跟我完全合拍。

「好吧，總之，結尾的劇情發展我會再想一下。要是又靈光一現，妳會幫忙對戲吧。」

『啊～關於那一點。』

「怎樣？」

『對戲這個部分……能不能讓我休息一陣子？』

「……咦？」

儘管我剛那樣發下豪語……

但惠的這句話非常出乎我的意料。

『啊，對不起喔。我知道現在正好是你來勁的時候……』

我有隱約發覺到，惠今天想跟我保持距離。

她不只撤下電腦故障所以不能用視訊交談的「謊話」，在平時大多能遇見的上學時段也沒不見蹤影；即使在學校裡碰面也莫名地生疏；這次對戲起初還想用只有文字的方式來互動，明顯和她以前的模樣有所不同。

「怎樣啦，我會在意耶。難不成妳會意外喪命、生病過世，總之就是會死嗎？」

『那種急轉直下的發展與我無緣。絕對不可能會有。』

「不然妳為什麼……」

『呃，那是因為……最近實在太來勁了……無論我和你，都一樣。』

「……那樣是壞事嗎？」

『啊～那個……假如「僅止於」遊戲裡的話，是沒有問題啦。』

……惠的那句細聲嘀咕，我聽得一清二楚。

還有，或許還不到全盤的程度，不過我想……我是理解的。

畢竟我也……應該說，坦然地解讀惠的那句話以後，我本身懷有的感情就像她說的一樣。

所以我……

「我懂了，對戲的工作暫時休息吧。」

『對不起喔，倫也……』

「可是，妳要補償我喔……這個星期六，一點鐘，我們約在池袋碰面。」

『…………喂。』

我的目標就是要和惠希望的方向不一樣。

「啊，沒關係。那一天的開銷都由我付，妳只要陪我就好。」

『你聽我說，我會希望對戲這項工作休息，並不是要暫停製作遊戲……』

「妳說的那些，就連我也曉得啊。」

『倫也……』

「曉得歸曉得，但我只是無法信服。」

畢竟現在的惠不就是那樣嗎？

會想實際見到面，不是嗎？

『現在不太好啦，現在……』

連她這句嘀咕，我都有聽見。

所以，我才將碰面的地點約在大街上。

即使是我也有隱約察覺到，現在要邀惠來我的房間應該會被她拒絕。

「可是，不趁現在就糟了吧？」

『咦～哪有？』

「不是啦，這星期有包含九月二十三日，妳曉得嗎？」

『…………啊～』

沒錯，在這種時候發現有如此方便的日子，我不可能不加以利用嘛。

那就是，加藤惠第十八次的，值得紀念的日子。

『去年你明明就徹底忽略了……』

「所以要慶祝兩年份！今年我會徹底講究地慶祝！」

沒錯，徹底慶祝。

因為這是最棒的找哏方式。

在巡璃劇情線是足以當成高潮戲碼的劇情事件寶庫。

『呃～……至少延一下好不好？例如延到下個月。』

「慶祝生日總不能延那麼久吧！」

而且……從其他方面來說，這也是大好的機會。

「……單純就是約會啊。」

『哎喲……』

沒錯，不管再怎麼粉飾，這單純就是約會。

無藥可救的二次元宅男，鼓起勇氣帶著不起眼卻生在高嶺上的花，進行神聖而滑稽的儀式。

「惠，拜託！拜託妳了，惠小姐！求您答應我，惠大人！」

明明只有聲音能傳達過去，我卻用力地低下頭。

明明看不見，我卻用力地妄想對方在猶豫。

經過那段不到三秒鐘，感覺卻像三年的沉默時間。

『唉～我不管了喔～倫也。』

「咦？」

這次，惠又給了我微妙而曖昧的答覆。

『我真的～不管了喔～』

「呃，不管什麼？」

不，只從話裡的內容來看，或許確實會那麼覺得。

『約在後天，對不對？』

「對、對啊……咦？」

『唉，真討厭……我變得好期待……』

「是、是喔……！」

不過，我從感覺上應該分辨出來。

內容微妙而曖昧的那句話，是用格外雀躍的嗓音傳過來。

是帶著十分可愛、動人、嬌媚的情感傳過來的……

『能不能快點到明天呢？然後，能不能快點到週末呢？』

「那點時間，一下子就過去了啦。」

『要去哪裡呢……你會帶我到哪裡呢……』

「妳放心吧，起碼這次不會去那些老地方。」

『啊～不過我倒不介意那部分……照舊才安心啊。』

「即使妳沒關係，至少這次我就是不能妥協！」

『不必安排得那麼特別啦，反正是我過生日。』

「正因為是妳過生日才要特別安排啊。」

『啊，剛才那句台詞是不是可以用在巡璃的劇情裡？』

「咦？我剛才說了什麼？我拿一下筆記簿，我們來重現看看！」

『是你自己說的台詞，你自己重現啦。』

「演獨角戲又發揮不出感情～」

『說到底，你有辦法懷著感情演戲嗎？』

「惠，拜託啦……快啦，我們從『唉～我不管了喔～倫也』的部分開始！」

『……既然你記得那麼前面的台詞，那不就根本沒問題嗎？』

「咕～」

總之，惠大概是在做好覺悟（？）以後，心情就放鬆了……

她講話的方式不生硬也不淡定，還逐漸變得像個雀躍的女生。

不，其實從滿早以前，她就非常有女孩子氣。

呃，可是，正因為如此……

「總之，我們再確認一次！星期六，一點，池袋東口！」

『……我絕對會去。』

「當然了，這是約定啊。」

『你也一樣，遲到的話就不饒你喔。』

「抱歉，妳那樣說就不能當玩笑話了，放過我吧。」

『……好吧，一分鐘以內的話，我是可以等啦。』

「太短了吧！」

連我的聲音都變得這麼雀躍……

我變得好想立刻見到名叫「加藤惠」的女孩子。

和她見面，和她講話，和她歡笑，和她接觸，然後……

不過，那些事情都要忍到後天。

……不過，我的忍耐也就到後天為止。

劇情事件編號：巡璃??

種類：個別劇情事件
條件：巡璃劇情線末尾
概要：在巡璃的十八歲生日，兩人……

終章之二

『這個嘛，我……』

『……我想，我不需要所謂的「轉」吧。』

於是……

等了又等，短短兩天過後。

九月二十三日，十二點。

比約好的時間早一些。

『……音……倒了！』

「咦？你說什麼？抱歉，我這邊聽不太清楚耶……」

透過一通並非因為我耳背，而是雜訊導致收音狀況不良的電話。

『…………』

「什……等一下！你說誰……」

她應該並不想要的「轉」……

偏偏就在那個瞬間，降臨了。

後記

大家好，我是丸戶。

《不起眼女主角培育法》第十一集，這次也照以往的步調向各位奉上了。

呃，雖然上一集也是照以往的發行間隔，畢竟當時發生過許許多多的狀況（主要是與編輯和印刷廠展開攻防），因此這次能像這樣，在還算過得去的狀態下面對後記，（主要對編輯和印刷廠來說）實在是非常非常非常值得慶幸的事……話說這應該也要託動畫腳本已經全部完成的福（若無其事地迴避往後動畫製作期程上的責任）。

所以說，關於剛才提到的動畫第二期《不起眼女主角培育法♭》，目前正以在二〇一七年四月上檔播送為目標努力製作中。

另外，為了大量安排用於刺激銷量的狠招，在我知道還有不知道的地方，每天都有許多壞心的大人正在暗中活躍，因此請大家一面用期待填滿內裡（錢包之類的）一面等候佳音。

和第一期相同，我們仰仗noitaminA拋開自尊（主要是在作品方面）和A-1Picture才有的作畫堅持（主要是在特殊癖好方面），以及ANIPLEX毫不留情的風範（主要是在推出精品方面）在努力。主要是龜井導演、高瀨先生和深崎先生在拚。

接下來，要談到並非沒有傳言在推測故事是不是已經進入佳境的正篇劇情。

首先，感覺到「咦？比平常少了一個人……」的讀者。你發現了不必要的細節對不對？關於那一點，某編輯無視顧慮到各位書迷會心痛的我，就直接提出了「嗳，上次給她那麼多戲分了，跳過一次也可以吧？」這樣吊兒郎當的提議，所以本集才會如此處理，希望某學姊的粉絲們千萬不要只恨某個原作者，往後還請繼續予以惠顧指教。下次她就會亮相了，肯定會。

何況，考慮到某個有亮相卻沒多少戲分，還只是負責替沒戲分的人講話的金髮雙馬尾……呃，沒事，下次她一樣會有所活躍。肯定會。

再提到這次吞掉那兩人戲分，還明顯變態（化蛹為蝶的修辭表現）的某位第一女主角，對於她在第十集戲分太少而心懷不滿的恐……熱情粉絲們，這次算不算有所彌補了呢……？

不是啦，差不多在第六集以前，我從來沒聽過那樣的抱怨，況且基本上她也有以戲分少為特色的一面，事到如今外界卻不太願意讓她躲起來，實在很麻……啊，沒有，我是指超乎預料的迴響真讓人畏……啊，沒有，身為作者，我也覺得似乎到了該收斂身心，並且認真思考要怎麼面對她的時期。

唉，就算有難伺候……呃，就算有個性派的粉絲們表示：「總覺得她變成普普通通的女主角了耶。」往後還是希望大家能繼續支持書名早就淪為掛羊頭賣狗肉的《不起眼女主角培育法》。

如同前面提過的，外界已經有傳言在推測本作是不是快要完結了（順帶一提，差不多從第六集就有人這麼說）。不過前陣子，我才向某關係人士大力鼓吹之後的構想：「冬COMI結束以後，接下來就是大學篇喔！從高中畢業後過了幾年，微妙地變得疏遠的倫也與惠……」但有人規勸：「你又要來那一套啊。」因此這個方案就變回白紙了。啊，如果要問我到底想表達什麼，倒也不好回答就是了。

最後一如以往地來發表謝詞。

深崎先生，就快了……《♭》的相關發包工作就快要勢如怒濤地湧來了，請你做好心理準備。哎呀～我也有努力幫深崎先生減少負擔啦～不過，無論如何都想做出好作品的話，終究還是不能妥協吧～（帶著爽快的笑容）。還有重逢以後再續前緣又變心的劇情展開果真不行嗎？

萩原先生，由於這次出書順利（雖然終究只是跟上次比），我就不賠罪了。你在喜獲明珠以後，就變得只能從父親的角度看待女主角們，還表示：「唉，這部作品能安心疼愛的只剩出海了吧。」儘管這一點令人介意，往後還請多多指教。

好的，儘管故事斷在這種地方，下次要出的是外傳……

這是開玩笑的。會好好地出第十二集喔，肯定會。

二〇一六年　秋

丸戸史明

©Honey Works 2016

Kadokawa Light Novels

告白預演系列 6

星期五的早安

Kadokawa Fantastic Novels

原案：HoneyWorks　作者：藤谷燈子　插畫：ヤマコ

HoneyWorks繼傳說的戀愛歌曲「告白預演」後，系列作小說化第六彈！

就讀於櫻丘高中的濱中翠和成海聖奈，每天早上搭電車上學時都會不自覺地四目相接。儘管都有點在意彼此，但兩人遲遲無法向對方道出一句「早安」。升上高三後，恰巧和聖奈被分到同一班的翠，在反覆進行道早安的練習時，也發現了自己真正的心意……？

NT$180/HK$55

台灣角川

Kadokawa Light Novels

異世界和我，你喜歡哪個？ 1~2

Kadokawa Fantastic Novels

作者：暁雪　插畫：へるるん

夢寐以求的精靈美少女襲來——
追求異世界生活的戀愛喜劇，再次上演！

放棄轉移機會的我，市宮翼，和鮎森結月成了男女朋友！然而沒過多久，我又受到女神召喚（差點被山豬撞死），希望我們參加「白痴情侶大賽」，在這場莫名其妙的競賽中爭奪冠軍寶座。結果萬萬沒想到，從前朝思暮想的精靈美少女竟出現在我們眼前……!?

台灣角川

各 **NT$190/HK$58**

國家圖書館出版品預行編目資料

不起眼女主角培育法 / 丸戶史明作；鄭人彥譯. -- 初版. -- 臺北市：臺灣角川, 2017.10-
冊；　公分

譯自：冴えない彼女の育てかた
ISBN 978-986-473-942-4(第10冊：平裝). --
ISBN 978-957-8531-24-6(第11冊：平裝)

861.57　　106015572

Kadokawa Fantastic Novels

不起眼女主角培育法 11

（原著名：冴えない彼女の育てかた 11）

2017年12月25日　初版第1刷發行
2024年5月27日　初版第10刷發行

作　者：丸戸史明
插　畫：深崎暮人
譯　者：鄭人彥

發行人：台灣角川股份有限公司
總　監：呂慧君
總編輯：蔡佩芬、朱哲成
主　編：林秀儒
設計指導：陳晞叡
美術設計：吳佳昀
印　務：李明修（主任）、張加恩（主任）、張凱棋、潘尚琪

發行所：台灣角川股份有限公司
地　址：104台北市中山區松江路223號3樓
電　話：（02）2515-3000
傳　真：（02）2515-0033
網　址：www.kadokawa.com.tw
劃撥帳戶：台灣角川股份有限公司
劃撥帳號：19487412
法律顧問：有澤法律事務所
製　版：巨茂科技印刷有限公司
ISBN：978-957-853-124-6